Eduard Osenbrüggen

Neue Culturhistorische Bilder aus der Schweiz

SALZWASSER VERLAG

Eduard Osenbrüggen

Neue Culturhistorische Bilder aus der Schweiz

Unveränderter Nachdruck der Originalausgabe von 1864.

1. Auflage 2022 | ISBN: 978-3-75259-941-1

Verlag: Salzwasser Verlag GmbH, Zeilweg 44, 60439 Frankfurt, Deutschland
Vertretungsberechtigt: E. Roepke, Zeilweg 44, 60439 Frankfurt, Deutschland
Druck: Books on Demand GmbH, In de Tarpen 42, 22848 Norderstedt, Deutschland

Neue Culturhistorische Bilder aus der Schweiz

Eduard Osenbrüggen,
Professor in Zürich.

Leipzig,

1864.

Vorwort.

Meine Art zu wandern und das „Erwanderte“ darzustellen, hat Beifall gefunden, und wie ich nach angestrengter Arbeit wieder wandern mußte, weil mir das Blinken der Schneegipfel keine Ruhe ließ und meine Phantasie in die heimeligen Thäler dahinter führte, so konnte ich auch der Versuchung, meine neuen Reisebilder zu zeichnen, nicht widerstehen. Indem ich dieselben veröffentliche, habe ich keinen höhern Wunsch, als daß ihnen dieselbe freundliche Aufnahme zu Theil werde, welche ihre Vorgänger fanden. Ich habe vielen wohlwollenden Berichterstattern über das erste Bändchen zu danken, besonders aber, weil ich nicht erwarten konnte, daß mein deutsches Büchlein auch den Franzosen gefallen werde, dem Herrn Béron-Réville, conseiller à la cour impériale de Colmar, der unter dem Titel „Tableaux historiques de la vie sociale en Suisse“ den größeren Theil meiner Schilderungen übersetzt oder vielmehr, wie es der Geist der französischen Sprache verlangte, sehr fein metamorphosirt hat.

In den Ländern um den Vierwaldstättersee durfte ich hoffen, noch manches für meine culturhistorischen Zwecke und lebende Rechtsalterthümer zu finden und ich bin darin nicht getäuscht worden. Ich entdeckte mir Gersau und traf in Uri auf Einrichtungen und Zustände, die mit dem socialen Leben in anderen Theilen der Schweiz verglichen, recht primitiv erscheinen, Ueberliefertes von den Urvätern, um das man die Urner beneiden kann, aber auch Anachronismen in der raschen Culturströmung der zweiten Hälfte des neunzehnten Jahrhunderts. Noch ist in den Bergcantonen der Schweiz reichlicher Stoff für den, der ein Auge hat für Volkseigenthümlichkeiten, aber was von Jahrhunderten unberührt geblieben ist, werden jetzt Jahrzehende umgestalten und da lohnt es sich zu beobachten, dieweil es noch Zeit ist. Wir kennen ja die Geschichte von den sibyllinischen Büchern.

1.

Das Wäggithal.

„Pfingsten, das liebliche Fest, war gekommen,“ die Zeit, wo auch der ruhigste Bürger von Unruhe und Wanderlust ergriffen und von der Poesie angehaucht wird, welche der Wonnemonat über die Welt ausgeschüttet hat. Der Züricher schaut über seinen blanken See hinauf zu den waldumkränzten Höhen und zu dem in hehrer Majestät prangenden Panorama der Schneeberge und die Frage ist: Wohin? Kann es schon mit dem Rigi, der regina montium, versucht werden oder ist ein stilles „Thal bei armen Hirten“ vorzuziehen. Bei dem Embarras de richesse, wo die Natur so freigebig ist, könnte man auf die originelle Reisemethode des Eremiten von Gauting verfallen, der seinen Neufundländer über das Reiseziel entscheiden ließ. Er schrieb die Namen einiger Länder, die er noch nicht kannte, Aegypten, Algier, Canada, Persien, auf Papierstreifen und warf diese im Zimmer aus, so daß der Hund den ersten besten zu apportiren hatte. Ich traf den seltsamen Reisekauz einst in Rußland, als er, mit dem persischen Sonnenorden geschmückt, aus Persien zurückkehrte und wieder in sein heimatliches Baierland zog, wo ihn aber bald von

Neuem die unbändige Reiselust erfaßte, welche er in seine Devise geformt hatte: „Laßt mi aus! Laßt mi aus!“

„Laßt mi aus!“ sagte auch ich, als Pfingsten heranrückte. Der Frühling, welcher rechtzeitig bei uns eingekehrt war, machte schon dem Sommer Platz, die Poesie der Blüthenpracht war in das Stadium der Entwickelung zum Realen getreten, die jungfräuliche grüne, mit goldenen Blumen durchwirkte Decke der Wiesen wurde ein Opfer für die Erwerbzwecke der Menschen, der junge Lenz war in die Alpenthäler gezogen, sich kühn heranwagend an das Reich des ewigen Winters. Ihm nachzuziehen entschloß ich mich, um ihn noch einmal auf schönen Auen zu begrüßen und wählte ein Thal, das von Zürich in wenigen Stunden so leicht zu erreichen und doch noch so wenig gekannt ist: das Wäggithal im Lande Schwyz.

Von Lachen, wohin das Dampfschiff auf den Boden des Cantons Schwyz führt, geht eine schnurgerade Straße, der Anfang der früher weit mehr frequentirten Fahrstraße durch die March nach Glarus, über Galgenen auf Siebenen. Ich zog es vor, unter der Leitung eines Freundes einen Seitenweg durch grüne, reichlich mit Obstbäumen besetzte Wiesen einzuschlagen, auf dem man auch in einer Stunde bequem an das nächste Ziel gelangt. Da die Zeit gar nicht drängte, traten wir unterwegs in die kleine, mitten im Grün gelegene Kapelle des St. Jost. Mir war dieser Heilige bis dahin unbekannt, aber Freskogemälde mit Unterschriften versehen führen das Leben des heiligen Mannes vor Augen. Die Malerei und die Dichtkunst in den gereimten Unterschriften der Lebensbilder sind ganz conform und die Orthographie ist äußerst kühn, wie einige Proben zeigen mögen:

„Berner ehr in ein wildi floch,
6 Bar Hüener ehr dort ehr zog.

Ein adler im den guli*) nam
St. Jost machts Crütz und widerkam.

Gott dätt mit St. Jost grossi wunder,
D' Fögel und d' Fisch spist er besunder."

Warme, weiche Gewitterluft umfing uns, als wir aus der Kapelle heraustraten; das Landschaftsbild hatte dadurch die halbe Beleuchtung und den unbestimmten Farbenton, an den bewaldeten Höhen zur Rechten in's Violet übergehend, der dem Auge wohl thun würde, wenn er nur nicht eine regnerische Zukunft in Aussicht stellte. Aber der Mensch hofft, was er wünscht, und am Vorabend des Pfingstfestes gibt es viele hoffende Menschen. Mit der Hoffnung, daß sich das Gewölk in der Nacht entladen werde, traten wir in Siebenen ein, allein die Sonne kam nicht, um den ersten Pfingsttag zu verklären, seine Farbe war grau in grau und der Himmel vergoß unablässig Thränen über die Sündhaftigkeit der Welt. Immerhin war es noch ein Trost, unter dem guten Dache des „Rößli" zu sein, denn wenn das Schöne fehlt, muß der Mensch sich an das Reale halten und ich vergegenwärtigte mir, wie viel schlimmer es

*) Hahn.

sein würde, wenn wir in einer Sennhütte mit bukolischem Schmutz eingeregnet wären.

In freundlicher Gestalt erschien der Pfingstmontag, wenn auch die Sonne noch mit den grauen Umhängen an den Bergspitzen zu kämpfen hatte. Um die Wege in's Thal etwas abtrocknen zu lassen, verschoben wir den Aufbruch dahin bis auf den Nachmittag und verwendeten einen Theil des Vormittags zu einem Gange nach dem nur eine Viertelstunde von Siebenen gelegenen Pfarrdorfe Schübelbach, wohin die große Straße mitten durch die schönsten Wiesen führt. Obgleich die Gegend kein Weinland ist, sind manche hübsche, von Wohlhabenheit zeugende Häuser zu beiden Seiten der Straße weinberankt. Die weiße Kirche tritt malerisch hervor gegen die grünen Wiesen und den Hintergrund der bewaldeten Höhen. Zahlreich hatte sich die fromme Gemeinde eingefunden, so daß nicht allein die geräumige Kirche ganz angefüllt war, sondern vor den geöffneten Thüren viele Männer und Knaben der Messe lauschten. Kräftige Orgeltöne begleiteten einen klaren Sopran und einen vollen Alt und meine Feststimmung stand der Andacht der Gemeinde nicht nach.

Am Nachmittage wurde die Wanderung in's Thal begonnen, die noch vor Kurzem sehr mühsam gewesen sein soll, jetzt aber durch eine herrliche Kunststraße in kühnen Windungen, eine Gotthardsstraße im Kleinen, sehr bequem ist. Wo früher ein oft halsbrechender Weg an dem Abhange über dem Bergstrom und den tiefen rauhen Schluchten mit Prügeldamm (Knüppeldamm) wechselte und auf und ab zu steigen war, da geht es sanft aufwärts und das Auge ist von der pittoresken Scenerie zu beiden Seiten und der tosenden Aa tief unten so gefesselt, daß man sich des Steigens kaum bewußt wird. Wer es sich noch bequemer machen will, der kann von einem Wägelchen ohne alle Gefahr die wilde Landschaft beschauen, deren besonderer Reiz darin besteht, daß gleichartige Bilder fortwährend sich ablösen, ohne daß eine Einförmigkeit entsteht. Die Straße schlängelt sich so dahin, daß bei den größeren Wendungen die Vorsprünge von zwei Bergen in einander geschoben erscheinen, aber sogleich erfolgt die Auflösung und das Auge hat wieder ein neues Stück der Bergstraße vor sich und unten schäumt wieder die Aa und daneben wechseln Felspartien mit Laubholz und Tannengehölz. Als wahre Kunststraße zeigt sich der mit großen Kosten vom Bezirke March gebaute Weg auch darin, daß an vielen gefährlichen Stellen, sowohl nach dem Flusse zu, als am Fuße der Bergabhänge, Steinmauern aufgeführt sind, welche Weg und Wanderer sicherstellen. Wenn man weiter auf der Straße vordringt, erscheint schon, wenn auch vorübergehend, zur Rechten der große Auberig, der Beherrscher des Vorderthals, ein breiter Koloß, dann, ebenfalls für kurze Zeit, links der Spitzliberg, der Schynberg und das zackige Bockmatteli und wieder kommt der große Auberig mehr in die Mitte des Prospects. Auch der scharfkantige kleine Auberig, rechts vom großen, zeigt sich an einer Stelle bei der steinernen Brücke.

Wer noch keine Spezialstudien über die Berge gemacht

hat, die man später im Hinterthal alle vor sich zu sehen hofft, dem ist es schwer, auf diesem Wege die auftauchenden und wieder sich zurückziehenden Höhen und Felsspitzen zu individualisiren und mir liegt auch bei solchen Gelegenheiten weit mehr daran, das Bild im Ganzen zu erfassen, als die einzelnen Namen zu kennen, daher ich meinem fragenden Ich die Antwort gebe, welche einmal ein Züricher einem Fremden ertheilte, der die Namen aller Schneeberge, welche man von der oberen Brücke in Zürich sieht, wissen wollte. Nachdem der Züricher den Glärnisch, den Tödi, den Titlis, den Urirothstock genannt und gezeigt hatte, verabschiedete er sich von dem unablässigen Frager mit den Worten: „Bester Herr, viele von den Bergen sind so alt, daß man ihre Namen gar nicht mehr weiß."

Gern verweilt man einige Augenblicke bei dem zwar nicht großen, aber malerischen Wasserfall „Bütteri", auf den das Ohr durch das stärkere Rauschen des Wassers aufmerksam gemacht wird. Dem Auge ist er durch Gebüsch verdeckt, in das man etwas hinabsteigen muß, um ihn zu schauen. Er befindet sich kurz vor der bedeckten Brücke, die man übrigens nicht zu passiren hat.

Nachdem nun der kühne Zindelspitz in Sicht gekommen ist, öffnet sich plötzlich eine Thalfläche, das vordere Wäggithal, eingeschlossen von hohen Bergen, unter denen der schon genannte große Auberig dominirt. An seinem Fuße soll einst ein Dorf durch einen Felsensturz seinen Untergang gefunden haben. In der Nähe der freundlichen Kirche zur Linken des Weges steht eine Anzahl von hölzernen Häusern, aber das Resultat der letzten Volkszählung, daß die Gemeinde Vorderthal 600 Einwohner habe, würde man bezweifeln müssen, wenn nicht manche bewohnte Hütten an den Bergabhängen zerstreut wären. Das Thal (2300' über dem Meere) bot nun vollkommen den gesuchten Anblick des jungen Lenzes, nicht allein in den mit frischem, saftigem Grün bedeckten Wiesen, sondern auch in den freilich nicht zahlreichen blühenden Obstbäumen. Wie er aus dieser Ebene in das hintere Thal gelangen soll, bleibt dem Wanderer vorerst ein Räthsel, bis er die in einem Bogen um den Thalkessel herum führende Straße zu der äußersten rechten Ecke des Thales verfolgt hat, wo der von oben bis unten bewaldete Guggelberg und der große Auberig mit seinen steilen Felswänden, welche in die Aa hinabsteigen, ganz nahe zu einander gerückt sind, aber in einer Schlucht, der „Klus", einen Durchpaß gewähren. Zur Linken in diesem Engpasse erblickt man am Guggelberge über einer Schutthalde eine Felshöhle, das „Schuhmacherloch" genannt, denn die Sage geht, daß darin ein Schuhmacher hämmere, was Rationalisten so erklären, daß der Schall von den Fußtritten des Herantretenden diese Töne aus dem Hintergrunde wiedergebe. Als einst ein übermüthiger Mensch in das Loch hineinrief: „Schuhmacher, gib mir auch einen guten Leisten!" da schmetterte ein Stein neben ihm nieder und verleidete ihm die Lust zu weiterem Spott mit der Geisterwelt.

Größer und imposanter ist das zweite Thal, das Hinter-Wäggithal, das auch seine Kirche hat, aber eine geringere Zahl von zerstreuten Hütten. Dieses Thal ist fast zwei Stunden lang und an einigen Stellen eine halbe Stunde breit. Es ist so recht ein Hirtenthal. Die Männer, denen man begegnet, tragen fast alle das Hirtenhemd und die schwarze Zipfelmütze, und Männer wie Frauen haben die Muße, welche das Hirtenleben, so mühsam es auch zu Zeiten ist, gewährt und sie sehen es gern, wenn der fremde Wanderer mit ihnen schwatzen und sich von ihnen erzählen lassen will. „Es pressirt nicht." Sie haben nicht mit der Spindel zu wetteifern und der hastende Geschäftsschritt der Handelsstädter ist ihnen so wenig nothwendig als möglich. Gerade der Contrast zu dem städtischen Leben, wie er nicht stärker sein kann, macht den Besuch dieses Thales, in das man sich so schnell und so leicht vertiefen kann, doppelt interessant. Die imposante Ruhe der Bergriesen umher, die idyllische Ruhe der Thalfläche versetzen den Wanderer in eine Stimmung, die ich dem Eindruck vergleiche, den ein schönes Volkslied auf mich macht, und es fehlt auch dem ruhigen Thale nicht die Musik: neben der murmelnden Aa klingen die Glocken der Heerden und mit Jodeln antwortet der Hirt von der Höhe dem Hirten am Waldessaum. Ganz so trifft man es freilich nur zur Pfingstzeit, wo die Rinder der prächtigen Schwyzer-Race noch auf der üppigen Weide des Thales und der Unterberge schwelgen, denn bald ziehen sie auf die Alpen, in die schöne Einsamkeit des Sommerlebens. Da muß man sie denn dort aufsuchen und wer das Bergsteigen nicht scheut, der gehe auf das Bockmatteli, den östlichen Felsvorsprung des

Schynbergs, von wo er über die Bergspitzen den Blick auf den Zürichsee und weithin in die ebene Schweiz kann schweifen lassen. Dort findet er am Grat einen Schäfer mit einer Heerde von hundert Schafen und mehreren Ziegen. Einem Murmelthiere gleich hat er sein Lager in einer niedrigen Steinhöhle. Vor ihm erquickt seine Heerde der Matte „warmes Grün", hinter seiner Höhle ist ein schroffer Felsabhang und darunter erblickt man Glarner-Alpen von Sennen und Heerden belebt. Fröhlich singt er seine Weisen und freut sich des Besuchs, dem er gastfreundlich Milch und Käse anbietet.

Der kühnste Hirt war vor einigen Jahren der große Tys (Matthias Bühler). Wohin noch niemand sich mit seiner Heerde gewagt hatte, oben auf dem hohen Fluhberig occupirte er eine Alp nach Naturrecht. Er duldete keinen Hirten in seiner Nähe und besonders von den Glarnern, mit denen überhaupt die Wäggithaler nicht freundnachbarlich stehen, war er gefürchtet und gehaßt. Sie schilderten ihn wie Homer den Polyphem:

„Allda wohnt auch ein Mann von Riesengröße, der einsam
Stets auf entlegene Weiden sie trieb und nimmer mit andern
Umging, sondern für sich auf arge Tücke bedacht war.
Gräßlich gestaltet war das Ungeheuer, wie keiner,
Welchen der Halm ernährt: er glich dem waldigen Gipfel
Hoher Kettengebirge, der einsam vor allen emporsteigt."

Der Tys war so stark, daß er in jede Hand einen Glarner nahm, sie durchschüttelte und mit den Köpfen an einander schlug. Da schickten die Glarner eines Tages drei starke

Burschen zu ihm. Als Tys von seiner Hütte aus sie herankommen sah und ihre Absicht leicht errieth, dachte er zwar, daß er bis dahin es noch nicht mit drei kräftigen Glarnern aufgenommen, da ihn der Himmel nur mit zwei Armen begabt hatte, aber er entschloß sich bald, nahm einen großen Käse in die eine Hand, ein gefülltes Milchfaß, auf das er noch einen Stock Butter gesetzt hatte, in die andere, trat vor seine Hütte und fragte die Glarner, ob ihnen davon gefällig sei. Als diese ein solches Kraftstück sahen und auch von dem grotesken Humor nicht unberührt blieben, machten sie gute Miene und ließen sich die Gastlichkeit des Feindes gefallen. Gegen Fremde, die ihn nicht in seiner Herrschaft beeinträchtigen wollten, war Tys gar kein Polyphem und mancher Bergsteiger hat bei ihm Alpenkost und ein Heulager gefunden.

Das Hinterthal, so reich an Wiesengrün, hat keine Obstbäume mehr, aber an Laubholz fehlt es nicht und schöne Ahorne, auch Buchen sieht man noch an den Bergabhängen, bis die ernsten Tannen zur Herrschaft kommen, noch Raum lassend für grüne Matten, welche um so lieblicher erscheinen, wo die Felsregion beginnt, die auf den höchsten Gipfeln im ewigen Schnee Erde und Himmel verbindet. Der unmittelbare östliche breite Thalnachbar ist der unten bewaldete Schynberg (auch Schimberig *) gesprochen), so benannt entweder von dem rothen Scheine in der Abendbeleuchtung, oder von dem geisterhaften Scheine,

*) Ein Schimberig ist auch im Entlebuch.

den alte Leute in später Nacht von ihm haben ausstrahlen gesehen, denn es sitzt in dem Berge ein großer Karfunkel, dessen Leuchtkraft das Gestein durchdringt. Sein Ausläufer ist das Bockmatteli und zur Linken schaut hinter demselben der Köpfenstock hervor, der seinen Namen hat von der kopfähnlichen Fluh seines Gipfels. Kühn erhebt sich zur Rechten der Zindelspitz oder Zündlispitz, auch Zünglispitz genannt, und dieser Name möchte wohl der ursprüngliche sein, denn die Kuppe ist einer mit der Spitze aufwärts stehenden Rindszunge nicht unähnlich. So schwer es sein mag, ist diese Spitze erstiegen worden und die Aussicht soll von dort sehr eigenthümlich sein wegen der vielen umherliegenden kahlen Felskuppen und Zacken. Unter sich sieht man südlich ein großes, ganz kahles durchfurchtes Felsenfeld, welches den Zünglispitz mit dem Rädetenstock verbindet. Dieser Rädetenstock, auch Mutteriberg, ist der höchste der das Thal umgebenden Gebirgstöcke, über 7000 Fuß hoch. An ihm liegt sehr hoch die Mutterialp, über welche hinauf die Spitze des Berges erreicht werden kann. Am interessantesten wurde mir der Fluhberig oder Diethelm auf der Westseite, dem Rädetenstock gegenüber, denn als ich schon das Thal wieder verlassen wollte, ohne ihn ganz unverschleiert gesehen zu haben und mit dem Wanderstabe in der Hand in „süßer Melancholei" zurückschaute auf das schöne Stück von Gottes schöner Welt, da trat er in vollem Glanze mit seinen Schneefeldern, die von der Sommerhitze noch nicht geschwächt waren, hervor, als ob er sagen wollte: „Warum eilst du denn so, du ungeduldiges Menschenkind, wir kommen ja alle zum Vorschein." So ein Berg hat ein Leben von vielen tausend Jahren, ein Professor muß aber nach Tagen rechnen und weiß es, daß die Studenten ein „Hodie non legitur" sehr übel nehmen.

Fast an jedem Felsen und an jeder größeren Alp klebt hier eine Sage. Ganz deutlich theilen sich aber die Sagen in zwei Classen: in altersgraue Sagen aus unvordenklicher Zeit und in Traditionen des langlebigen Äni. Gegen den Inhalt der ersteren ist leiser Zweifel gestattet; die zweiten haben in dem Urgroßvater, der es selbst gesehen und gehört, einen sichern Gewährsmann. Vor Allem wurzelt im Glauben der Thalbewohner die Erzählung von „Venedigern", einer Art Schwarzkünstler, die aus Italien von Zeit zu Zeit gekommen sind, um in den Bergen Gold und Silber zu suchen und es gefunden haben. Auch in anderen Berggegenden der Schweiz, wie am Harze, meldet die Sage von ihnen. Noch in neuerer Zeit, die mir aber mein Erzähler nicht auf das Jahr zu fixiren wußte, kam ein Venediger in's Wäggithal und ließ sich von einem jungen Burschen, Namens Oberle, früh an einem Morgen auf den Fluhberig führen, von wo er den Oberle zurückschickte mit dem Geheiß, ihn am Abend wieder abzuholen. So ging es einige Tage fort, aber plötzlich war der Fremde verschwunden. Bald darauf ließ sich Oberle in das päpstliche Militär anwerben und als er einmal in einer Mußestunde durch die ewige Stadt schlenderte, hörte er aus einem großen schönen Hause rufen: Oberle! Oberle! Erstaunt blickte er hinauf und ein fein gekleideter Herr winkte ihm einzutreten, was er denn auch that. Da fragte ihn der Herr, ob er ihn nicht erkenne. Oberle antwortete, das Gesicht des Herrn komme ihm zwar bekannt vor, doch wisse er nicht, wo er ihn gesehen habe. Da ging der Herr in eine Kammer und als er in Bergmannskleidung wieder heraustrat, erkannte Oberle seinen Mann vom Fluhberig, der ihm nun mittheilte, da er durch seine Beihilfe zu großen Schätzen gelangt sei, wolle er auch ihn glücklich machen, aber er dürfe nicht von der Sache erzählen. Oberle erhielt eine bedeutende Geldsumme, nahm seinen Abschied aus dem Militär und kaufte sich ein schönes Heimwesen im heimatlichen Thal. Die Familie Oberle existirt dort noch, ist aber durchweg wieder arm geworden, da man nicht reinen Mund halten konnte. Daraus sähe man doch, setzte mein Erzähler hinzu, daß die Sache wahr sei.

Ein Venediger kommt auch als „fahrender Schüler" in der Schlierenbach-Sage vor. Der überhaupt gefährliche Bach war bei einem furchtbaren Wetter stark angeschwollen, die Anstößer gaben sich aber keine Mühe ihn einzudämmen. Da dachte einer der Anstößer, er wolle wenigstens seinerseits sorgen, und als er bei dem andauernden Wetter den Bach hinauf kam, hörte er wunderschöne Musik, aber es wurden ihm auch Steine nachgeworfen, so daß er fliehen mußte. Bald darauf kam ein Venediger und erbot sich, den Bach einzudämmen. Als man gegen seine Fähigkeit dazu Zweifel erhob, that er den Schwur, wenn er das nicht könne, wolle er, daß die Füchse keine Hühner mehr fräßen und im Vorder- und Hinterthal keine Schlangen mehr wären. Da beriethen sich die Frauen und brachten heraus, sie wollten lieber, daß die Füchse die Hühner fräßen und die Thäler Schlangen hätten, als daß der Venediger den Schlierenbach eindämme. Sei dem nun, wie es wolle, sagte mein Erzähler, so viel sei wahr, daß weder im Vorderthal noch im Hinterthal Schlangen gefunden würden, während gerade in der nächsten Umgebung solche zahlreich zu treffen seien. Diese etwas unklare Sage hängt zusammen mit dem Widerstreben der Wäggithaler, die Aa und deren zuströmende Waldbäche einzudämmen. Während die praktischen Schweizer den Rhein und die Rhone zu „corrigiren“ verstehen, lassen sich noch jetzt die indolenten Wäggithaler die schönsten Wiesen des Hinterthals durch wilde Wasser verderben.

Auf der Bärlaui-Alp, über die man auf den großen Auberig gelangt, vernimmt man oft in der Nacht den Ruf: „Büs, ho hopp!“ auch „dängeln“ (d. i. die Sense hämmern) und „pfyffen“. Einmal in der Nacht hörte der jetzige Pächter der Alp „dängeln“ und weckte den Knecht. Dieser hatte es auch schon gehört und sagte: „hättest Du mich nur nicht geweckt, man hört dies gewöhnlich, wenn das Wetter abfallen will.“ Auch ein altes Muetterli erscheint bisweilen auf der Alp. Der eigentliche Sturmgeist des Thales ist aber Muothiseel. Auf einem Drachen reitet er den vom Gebirge losbrechenden Waldwassern voran, Bergschutt und entwurzelte Tannen stürzen ihm nach. Man sieht ihn zwar nicht, sagte mein Führer, doch hört man sein wildes Jauchzen. Wenn die Bauern sein Heranstürmen hören, rufen sie Beschwörungen und Gebete in die Aa, um die Ueberschwemmung abzuwenden.

Der Köpfenberg verdiente von einem Alterthumsforscher besucht zu werden. Auf demselben soll sich eine Grotte mit lateinischen oder gar griechischen Charakteren finden und die „Summerigsrod“ auf diesem Berge hat ein Gevierte mit aufgesetzten Steinen umgeben, in welchem die Geister sich versammeln. Kein Mensch wagt sich hinein und obgleich der Raum das schönste Gras hat, wird es doch von keinem Vieh betreten. Als einst zwei Geißbuben dort in Streit geriethen, warf der eine ein Gitzerli des andern in das Gevierte und das kleine Thier starb alsbald. Sollte dies vielleicht eine heidnische Opferstätte sein?

So wie durch die neue Straße das Thal dem Publikum erst recht geöffnet wird, ist auch schon durch ein prächtig gelegenes Kurhaus im Hinterthal für das beste Unterkommen gesorgt. Der Front des Hauses gegenüber ergießt aus einer Baumgruppe am Schynberge ein unversiegbarer Silberquell das reinste Wasser, welches nach der chemischen Analyse je gefunden worden ist. Dieses in das Kurhaus geleitete Wasser, als Trinkwasser unvergleichlich, wird dort auch zu kalten und warmen Bädern mit bequemer Einrichtung verwendet und sichert dem neuen Etablissement seine Zukunft. Kuh- und Ziegenmilch erster Sorte, Molken, eine treffliche, von einer schwäbischen Köchin geleitete Küche und sehr reale Weine sind im höchsten Grade anlockend. Auch die guten Betten in den hübschen Zimmern bringe ich gar sehr in Anschlag. In der ganzen Einrichtung ist schweizerische Solidität mit Geschmack vereint und der Pensionspreis ist äußerst billig. Ein freundliches, liebenswürdiges junges Wirthspaar ist ganz geeignet, den dortigen Aufenthalt behaglich zu machen, und auch „klein Isis“, die immer gut Wetter auf ihrem hübschen Gesichte hat, will ich um so weniger vergessen, da sie mit entschiedenem Erfolge in ihrem Kämmerlein um gut Wetter für mich gebetet hat.

Lohnende Excursionen, groß und klein, lassen sich von dem Kurhause aus machen. Unter den nächsten Zielen steht obenan die auch für Damen in einer Viertelstunde erreichbare Quelle des Fläschlibaches, die dem Kurhause das reinste Wasser spendet. Man wird überrascht durch den silbersprudelnden Strom, der im Waldesschatten aus der Felswand herausschießt. Für die heißesten Sommertage wird diese kühle Grotte, deren Schönheit man nicht ahnt, bevor man darin ist, den Thalgästen ein regelmäßiger Wallfahrtsort werden und an einigen gut angelegten Bänken wird es der umsichtige Wirth des Kurhauses dort gewiß nicht fehlen lassen. Eine Viertelstunde weiter entspringt der Hundsbach, am Unterberge des Rädetenstocks, etwa 200 Fuß über der Ebene. Selten kann man zu dem Ursprunge eines Flusses oder größern Baches so nahe herantreten, wie hier. Ganz langsam kommt das Wasser aus einer düstern, bewaldeten Felsengrotte hervor und liegt dann mit spiegelglatter Oberfläche in einem tiefen Felsbecken, aber einige Schritte davon stürzt der Strom tosend und schäumend unter einer Felsbank hervor, um der Aa rasch seine Wasser zuzuführen. Wirft man einen Holzkloz in das Bassin, so sieht man ihn nach einigen Secunden im silbernen Strudel wirbeln. Wenn in den Bergen wildes Wetter gewesen ist, soll das Wasser in großer Fülle brüllend aus dem Innern des Berges hervorbrechen. In den zwanziger Jahren dieses Jahrhunderts wagten sich tirolische Holzschröter bei ruhigem Wasserstande auf Baumstämmen in das Innere des Hundslochs und kehrten mit der Nachricht zurück, es befinde sich da drinnen ein See, der furchtbar kalt sei. Später schwamm ein verwegener Tiroler, der beim Ausbessern der Kirche im Hinterthal beschäftigt war, durch das Felsenthor, kam aber nach einigen Minuten erstarrt wieder heraus und machte eine Schilderung wie Schillers Taucher, von einem großen See, hohen Gewölben und Felsenriffen im Innern des Berges. Die klugen Wäggithaler benutzten einst einen sehr niedrigen Wasserstand, um das Hundsloch mit Brettern und Balken zu vernageln, wobei sie dachten, der Bach würde sich wohl nach der Seite ihrer Nachbarn, der Glarner, ergießen und nicht weiter die Aa zu Verheerungen ihres Thales aufwiegeln. Aber an einem Morgen nach einem Unwetter waren Balken und Bretter spurlos verschwunden und „Kühleborn" herrschte wieder mit souveräner Willkür.

Das Hundsloch hat im hohen Grade die Aufmerksamkeit der Naturforscher auf sich gezogen und das Resultat ihrer Forschung ist mir so interessant erschienen, daß ich dieser Forschung nachzugehen mich bemüht habe, obwohl ich leider nicht einmal als Dilettanten in den Naturwissenschaften mich bezeichnen kann. Zwar sagte mir einst Leopold von Buch, den ich in seiner sehr sommerlichen Kleidung mit übergehängter Botanisirkapsel in einem Walde traf, auf meine Bemerkung, daß ich nicht Naturforscher sei, jeder gebildete Mann müsse Naturforscher sein; aber wo die Gymnasialbildung solche Studien als profan gänzlich ferne gehalten hat, ist es schwer, das Versäumte im spätern Leben nachzuholen und so bin ich denn höchstens ein Naturae curiosus, der seine naturforschenden Collegen und Freunde mit Fragen plagt. Ueber das Hundsloch habe ich erfahren, daß die Quelle gar nicht in der Weise entsteht, wie man sich meistens die Quellen aus dem Innern der Berge hervorsprudelnd denkt, sondern im unmittelbaren Zusammenhange ist mit dem Karrenfelde und den Karrentrichtern der Rädetenalp. Die Karrenbildung (Schratten im Entlebuch) gehört vorzugsweise, wenn auch nicht ausschließlich, zum Charakter der höheren Kalkgebirge der Schweizeralpen und ist ein Verwitterungsproceß, bewirkt durch Schnee-, Gletscher- und Regenwasser, welches Furchen und Rinnen in die Kalkflächen eingräbt. Ein Karrenfeld ist einem stark durchfurchten Gletscher nicht unähnlich, hat aber eine größere Regelmäßigkeit. Hirzel-Escher von Zürich, der das Karrenfeld am Rädetenstock speciell in's Auge faßte, sagt: Die Karrenfelder sind weit ausgedehnte Strecken von nackten, ganz durchfurchten Kalkfelsen oder enge aneinander gereihten Felsgräten, auf deren oft messerscharfen Kanten oder Rücken man balancirend fortschreiten muß und wobei es vieler Uebung bedarf, wenn man sich nicht zerschellen oder der Gefahr aussetzen will, ein Glied zu brechen. Die Zwischenräume sind, so wie die Gräte selbst, sehr ungleich, oft so schmal und enge, daß man sich den Fuß darin einklemmen kann, oft aber so weit, daß kleine Häuser darin Platz hätten und von einer solchen Tiefe, daß sie eigentliche Höhlen oder Schächte bilden, in denen man hineingeworfene Steine lange rollen hört. — Wo diese Karrenfelder weit ausgedehnt ganz flach liegen oder gar von höheren Felsen rings umgeben sind, so daß die Gewässer sich gegen die in der Mitte derselben liegenden Vertiefungen hin sammeln müssen, da findet man nicht, wie man denken sollte, kleinere oder größere Ansammlungen dieser Gewässer, sondern an deren Stelle größere und kleinere trichterförmige Oeffnungen, welche tief in den Berg hineinführen, das Wasser verschlingen und geläutert an dem tieferen Abhange in den schönsten, reichsten Quellen, zur Labung von Menschen und Vieh und zur Befruchtung und Bewässerung der sonst oft allzuschnell vertrocknenden steilen Abhänge, zuweilen auch durch Mineralstoffe im Innern des Gebirgs geschwängert und erwärmt als Heilquellen segnend wieder ausgießen. Das von den Karrentrichtern des Rädetenstocks verschlungene Schnee- und Regenwasser, nachdem es durch die Klüfte des Berges gegangen, sammelt sich in dem unterirdischen See und tritt aus dem Hundsloch rein und kalt hervor; wenn aber im spätern Sommer die Zuflüsse von oben aufhören, wird auch der Hundsbach bisweilen wasserlos. Der Fläschenbach dagegen, der durch die Karren am Zindelspitz seine Nahrung erhalten soll, versiegt nie, daher man wohl vermuthen darf, daß sein merkwürdig reines Wasser nicht bloß aus der Höhe komme.

Wenn man sich die Entstehung der genannten Karrenfelder klar gemacht hat, sich daneben die durch herabgefallenes Geröll entstandenen Schutthalden am Fuße der Berge ansieht und die unendliche Masse der Geschiebe oder kleineren und größeren abgerundeten Steine, welche durch die Bergströme von den Felsen in die Ebenen gerollt werden, so erkennt man, daß wie in der lebenden Schöpfung ein beständiger Wechsel der Formen ist, auch Mutter Erde selbst in den solidesten Theilen ihrer Oberfläche eine langsame, aber stete Metamorphose durchmacht.

Noch einmal kam ich in diesem Sommer bei schönster Witterung ins Wäggithal. Die wilde lange Felsenschlucht, welche gleich hinter Siebenen beginnt und die „Klus" zwischen dem Guggelberge und dem großen Auberig fesselten auf dem Heimwege meine Aufmerksamkeit ganz besonders. Recht langsam eine Viertelstunde auf dem ebenen Wege im kühlen Schatten durch die Klus zu gehen, gewährt großen Genuß, und sowohl die durch Felsblöcke sich hindurchwindende Aa, als darüber die Waldregion des aus der Ferne nur als Felskoloß erscheinenden Auberig nehmen das Auge ganz in Anspruch. Wenn man aus der Klus in das Hinterthal getreten ist, versäume man nicht, nach einigen Minuten sich umzuwenden, da hat man ein kleines Bild vor sich, das gewiß noch seinen Zeichner finden wird:

ein hübsches Bauernhaus, wie angeheftet an den Fuß des grünen Guggelberges, der, sich kreuzend mit dem Aube-rig, die Schlucht schließt. In dem Hause wohnt der einzige rationelle Landwirth des Thals, der sich nicht begnügt, schöne Wiesen zu haben, sondern durch zweckmäßig gezogene Gräben mehrere üppige Flachs- und Bohnenfelder sich erworben hat.

In dem Kurhause hatte sich seit meinem ersten Besuche ein reges Leben entwickelt. Kurgäste in ansehnlicher Zahl suchten im Wechsel behaglicher Ruhe und eines Appetit bringenden Vagirens durch das Thal und auf die Höhen die Lebensgeister zu erfrischen, und die allgemeinste Zufriedenheit sprach sich in dem Zusammenleben aus. Wen die Geschäfte wieder nach Hause zurück riefen, der empfing mit Wehmuth den nach schöner Sitte von den im heimeligen Thal Zurückbleibenden dargereichten Alpenrosen-Strauß und „auf Wiedersehen im nächsten Jahr" war die Parole. Die Blume, welche mir das nette Fraueli aus dem Aargau an den Hut steckte, ist schon vertrocknet, aber auch trockene Blumen reden ihre Sprache.

Mit Entzücken sprach man noch von der Mondschein-Landschaft der vorigen Woche und wie Luna die kühnen Berggipfel mit Silberglanz geschmückt habe. Die Wandelbare war fortgezogen, aber auch der dunkelblaue mit den Tausenden goldener Sterne besäete Nachthimmel verlieh den hellgrauen Felsen einen magischen Schein. Noch spät standen wir mit dem lieben Schwesternpaare auf der Zinne des Hauses.

„Alles Lebendige schwieg, und der nahrungsaugende Erdball
Lag, ein schlafendes Kind, an der Brust des lächelnden Himmels.“

Wir hofften noch auf den geisterhaften Schein, der in später Nacht von dem Schynberge ausstrahlen soll, aber wahrscheinlich geschieht das nur in der Geisterstunde, die wir denn doch nicht abwarten konnten.

Von den hohen Bergen umher wurden in diesem Sommer besonders der große Auberig und der Zindelspitz bestiegen. Daß es keine Unmöglichkeit ist, den letztern zu erklimmen, so steil und kühn er auch in die blaue Luft ragt, zeigt das Kreuz auf seiner Höhe. Einen rüstigen jungen Bergsteiger, der um 6 Uhr Morgens von dem Kurhause ausging, sahen wir durch das Fernrohr schon um 8½ Uhr mit seinem Führer neben dem Kreuze stehen. Daß sogar eine junge Frau vor einigen Tagen dort hinauf gekommen war, ist ein neuer Beleg zu dem Erfahrungssatze, daß Frauen vor den höchsten Schwierigkeiten nicht zurückbeben, während das kleine Geröll auf dem Boden des täglichen Lebens sie oft in Verzweiflung bringt. Von dem Zindelspitz kann man in's Glarnerland kommen, doch ist das Herabsteigen an der einen wie an der andern Seite beschwerlicher, als das Hinaufsteigen.

Wer nicht auf demselben Wege, der in's Thal geführt hat, wieder an den Zürichsee zurückkehren will, dem stehen, falls er ein nur einigermaßen guter Fußgänger ist, verschiedene Ausgänge zu Gebot. Er kann um den Fluhberig herum nach Einsiedeln gehen oder über schöne Alpen in's Klönthal gelangen. Unter der Leitung eines sehr guten Führers, Xaver Zeuger, schlugen wir den letztern Weg ein und genossen einen schönen Tag. Nachdem wir über einen Steg den jetzt fast ausgetrockneten Hundsbach passirt hatten, ging es nicht sehr streng näher zu der großen Felswand des Fluhberig heran, den man fortan immer zur Rechten hat. Laubholz und Tannen wechseln mit einander ab und es entfaltet sich immer schöner die Bergflora, aber auch wüste Schutthalden bilden einen Contrast zu der reichen Vegetation. Auf der Alp Aabern stößt man zuerst wieder auf Hirtenleben und Heerdengeläute, diesen lieblichen primitiven Gegensatz zur Zukunftsmusik. Der Mutteristock, der Ochsenstock und der Schweinalpberg nehmen sich hier imposant aus. Die zweite höhere Alp ist die Oberalp, die dritte und die höchste die Brüschalp (Paßhöhe 4833'). Die Abwechselung der Scenerie ist beim Auf- und Absteigen außerordentlich groß. Wir sind noch näher zu der kolossalen Felswand des Fluhberig herangekommen, der hier nicht schwer zu ersteigen sein mag. Der Baumwuchs hat aufgehört, aber an der Brüschalp finden wir ganze Hügel und Halden mit Alpenrosen bedeckt, sattblaue Enzianen und andere Alpenblumen in Menge und daneben konnten wir in den Schnee greifen und uns das winterliche Vergnügen des Schneeballens machen. Hier war ein Platz zum Ausruhen. Eine Flasche Forster-Riesling, mit welcher uns der Führer auf Geheiß des lieben Wirths aus dem Kurhause überraschte, wurde in eine Quelle gelegt, die schon ihr Wasser nach der andern Seite hin ergoß, und der kühle Trunk des herrlichen Weins gab uns die volle Lebenskraft wieder. Noch nie habe ich es in dem Grade empfunden, daß ein guter Tropfen eine herrliche Gottesgabe sei — „ist auch nicht die Nagelprobe d'rin geblieben".

Schon vorher, als wir an die Brüschalp aufstiegen, wurde mir ein criminalrechtliches Thema zu einer praktischen Frage, nämlich die Grenzbestimmung des erlaubten Mundraubes und der strafbaren Entwendung. Eine kleine Heerde schöner Ziegen ohne Hirten kam zu uns heran und deutlich lasen wir in ihren treuen Augen die Bitte um Salz, das wir ihnen aber leider nicht zu geben vermochten. Da fragte uns der Führer, ob wir Ziegenmilch wünschten. An Appetit fehlte es uns nicht und bei der Abstimmung ergab sich auch sogleich eine Majorität, aber mir blieb doch ein Skrupel, indem zwar die Besitzerin der Milch, die große braune Ziege, in das Nehmen gern einzuwilligen schien, wir aber den Willen des Eigenthümers der Ziege nicht kannten. Der Führer gab nun sein Obergutachten dahin, daß hier auf den Alpen lediglich das Naturrecht gelte, lockte die Ziege, die sich auch ohne Weiteres melken ließ und nachdem sie uns zwei Gläser voll schmackhafter Milch gespendet hatte, mit dem schönen Bewußtsein, von ihrem Reichthum Bedürftigen gegeben zu haben, wieder bergan kletterte.

Von der Brüschalp konnten wir rechts über die

Schweinsalp dem Klönthal zuwandern oder direct nach Richisau hinabsteigen. Wir zogen, obgleich es sehr steil bergab geht, den letztern, etwas nähern Weg vor, nicht so sehr um Zeit zu gewinnen, als weil das Landschaftsbild, welches sich vor uns ausbreitete, großartig erschien. Durch riesige Tannen, deren Mähnen den Boden berühren, erblickt man die Schneefelder des Glärnisch, welche seltsam contrastiren zu den schwarzen Tannenwäldern tief unten in der langen Schlucht. Einzelne alte Bäume, vom Blitz zerschmettert oder vom Orkan gebrochen, müssen im Mondschein geisterhaft sich ausnehmen; auch im Sonnenschein ist dieses Stück der Berglandschaft sehr ernst. Aber rasch geht es bergab und das Laubholz beginnt wieder, welches bei Richisau, wo man in einer Sennerei und bescheiden aussehenden Molkenkuranstalt einkehren kann, in den schönsten Ahorngruppen sich entfaltet. Schon sieht man häufig durch die Lichtungen das lieblich-grüne Wiesenthal Vorauen, welches den Schluß des Klönthals bildet, und auch den Anfang des Klönsees, von dem man doch noch recht weit entfernt ist. Da wir von den Reizen der Wanderung uns nichts wollten entgehen lassen, gebrauchten wir statt der regelmäßigen 4 — 4½ Stunden, um vom Hinter-Wäggithal nach Vorauen zu gelangen, 6 Stunden, und nach einer Rast stand uns der mir schon bekannte Hochgenuß bevor, in dem Spiegel des Klönsees den Glärnisch abwärts gekehrt mit allen seinen Farben-Nüancen zu schauen. Ein solches Spiegelbild, welches übrigens im Herbste durch das Laubcolorit noch weit schöner ist, sieht man nicht häufig.

II.

Schwyz.

Schwyz hat die Ehre, in seinem Namen sich als Kern der ganzen Schweiz zu legitimiren. Schon im vierzehnten Jahrhundert, als Oesterreich zuerst bei Morgarten, dann bei Sempach seine Erfahrungen machte, beginnen die österreichischen Geschichtsquellen die feindlichen Eidgenossen Schweizer zu nennen, die einheimischen Geschichtsurkunden thun dies erst seit der Mitte des funfzehnten Jahrhunderts, als das Bewußtsein der Einheit erstarkt war. Es lag in dieser Namensehre eine Forderung an die Schwyzer, die Tapfersten unter den Tapferen zu sein und dieser Aufgabe haben sie sich stets würdig gezeigt. Wenn man liest, wie fremde Autoren ihr imponirendrs Auftreten und Antreten zur Schlacht schildern, so glaubt man in ihnen die alten Germanen in ihrem Kampfe gegen die Römer wieder zu erkennen. Ihre Feldmusik waren große mit Silber beschlagene und mit dem Landeswappen gezierte Ochsenhörner, welche furchtbar durch Berg und Thal brüllten, wenn es zum Aufbruch oder zum Angriff gehen sollte. Vor dem Angriffe knieeten sie nieder, um den Beistand des Allerhöchsten zu erflehen; mit lautem Geschrei standen sie dann auf und stürzten sich auf den Feind. Karl der Kühne mißdeutete dieses Niederknieen der Schweizer vor der Schlacht von Granson als Gnadebitten, wurde aber bald eines Andern belehrt. Auch nach dem Siege knieeten sie auf der Wahlstatt, um Gott zu danken und nicht ungewöhnlich blieben sie dort drei Tage, um zu erwarten, ob der geschlagene Feind die Niederlage rächen wolle.

Neben der Tapferkeit wird die große Körperkraft der alten Schwyzer gerühmt und an diese zu glauben hat man allen Grund, wenn man in der Gegenwart den stämmigen Menschenschlag ansieht. Zwar klingt es fabelhaft, wenn von einem Manne aus dem Dorfe Steinen erzählt wird, er habe eine zehn Centner schwere Glocke mehrere Stunden weit getragen, ein anderer von Iberg große Tannenbäume, aber es bedarf nur eines Besuchs des Aelplerfestes im September, um zu sehen, daß starke Menschen dort keine vereinzelte Erscheinung sind.

Man würde sehr irren, wenn man sich die Sommerzeit der Aelpler als ein idyllisches Hirtenleben in klarer Bergluft auf grünen Matten dächte. Zwar ist ihr Leben zu Zeiten gemächlich, aber zum poetischen Träumen sind diese Menschen gar nicht angethan und Mühsal, Gefahren und Entbehrungen sind ihnen als eine stete Zugabe in reichlichem Maße zugetheilt. Wenn sie nun nach monatlicher Abgeschiedenheit wieder ins Thal kommen, so steht ihnen und den Thieren das Aelplerfest als Ehrentag bevor. Der Vormittag gehört zunächst den Thieren. Auf der Hofmatt ist die Thierschau; die stattlichen „Munis“ und die würdevoll einherschreitenden Stiere ernten lauten Beifall und um Mittag ist die Preisvertheilung, nach welcher die gekrönten und bekränzten Thiere unter Musik, Jauchzen und Heerdengeläute im Triumph in den Flecken einziehen. Ein anderes Bild zeigt der Nachmittag, wo der Zug der Menschen sich nach dem Brüel, dem bewimpelten Festplatze, in Bewegung setzt; voran Trommler und Pfeifer, dann schallende Blechmusik. Darauf erhebt sich das Banner der Sennenbruderschaft und einen reizenden Anblick gewähren ein Dutzend Sennbuben, welche die vorzüglichsten Alpgeräthschaften als Symbole und die lockenden Preise für die nun bevorstehenden Kämpfe tragen. Es folgen die Sennen mit ihrem Meistersenn in der Aelplerkleidung, die Festcomités und die Preisrichter. Auf dem Festplatze ragt die hohe Kletterstange empor und alle Bäume sind mit „lebendigen Früchten" besetzt. Den Anfang der Spiele, nachdem durch einen Pistolenschuß das ersehnte Signal gegeben ist, macht das Wettlaufen und auch im Springen wird geeifert, aber die echt nationalen Spiele sind das Steinstoßen und das Schwinget. Einen enormen Stein, oft bis zu einem Centner schwer, muß der Mann zuerst sich selbst auf die Schulter bringen und dann fortstoßen oder werfen; wer den größten Stein am weitesten werfen kann, ist Sieger. Wenn auch nicht in dieser grotesken Form bildete das Steinwerfen in den Kriegen der alten Schweizer eine Hauptart ihrer Artillerie. Es wird oft erwähnt, z. B. in der Heldenschlacht von Näfels, daß sie von einer Höhe große Steinmassen auf die österreichische Reiterei schleuderten und dadurch Unordnung und Verderben in die feindlichen Reihen brachten, „daß Roß und Reiter schnoben und Kies und Funken stoben". Ebenso in der Schlacht der Appenzeller und der zehnfachen Macht der Oesterreicher am

Stoß im Jahre 1405. — Das interessanteste der Kampfspiele ist das Schwingen oder der Hosenlupf, ein Zweikampf nach Reglement und Comment. Zu demselben melden sich nur geübte Athleten oder solche, die auf dem Wege sind es zu werden und stets finden sich diejenigen als Gegner zusammen, die einander an Kraft und Gewandtheit gewachsen sind. Regelmäßig geben sich die zum Kampfe Antretenden die rechte Hand, znm Zeichen, daß es ein ehrlicher Kampf, fair play, sein solle. Dann stürzen sie keineswegs auf einander los, sondern langsam und in gebückter Stellung nahen sich die Gegner, um einen Angriffspunkt zu erspähen und die eignen Schultern und den eignen Hosengurt zu decken, denn nur diese sind die eigentlichen Angriffsobjecte. Greift einer zu, so beginnt das Ringen mit aller Kraftanstrengung und Gewandtheit und oft tritt eine längere scheinbare Ruhe ein, wenn die beiderseitigen auf's Höchste angespannten Kräfte sich vollkommen das Gleichgewicht halten. Gelingt es, den Gegner zu lupfen, d. h. vom Erdboden aufzuheben, so kann das zwar der Anfang des Sieges sein, aber vollständig ist der Sieg erst, wenn der Gegner geworfen und zwar auf den Rücken gelegt ist. Oft entscheidet ein „Prachtschwung" in einer Secunde. So in einem Falle, dem ich vor einigen Jahren zusah. Es meldete sich plötzlich e corona ein starker Fabrikarbeiter zum Wettkampf; die Schwinger von Fach sahen ihn mitleidig an und gaben ihm den Jüngsten aus ihrer Mitte zum Gegner. Dieser, ein bildschöner Mensch, setzte sich ganz ruhig in Positur und als der Gegner ihn ergreifen wollte, faßte er ihn so sicher am

Hosengurt, daß er ihn nicht nur sogleich vom Boden hob, sondern ihn sich über den Kopf auf den Boden schleuderte. Während der arme Mensch mit zerrissener Kleidung unter dem Gelächter des Publikums am Boden lag, legte sich der Sieger mit der anscheinend größten Gemüthsruhe wieder zu seinen im Grase auf ihren Ellenbogen ruhenden Genossen. Ueberhaupt ist der Contrast des in eine immer größere Aufregung gerathenden Publikums, das in einem Kreise den Kampfplatz umsteht, und der klassischen Ruhe der Schwinger groß.

Da das Schwingen lange geübt sein muß, bis einer mit Ehren öffentlich auftreten kann, so ringen die Knaben früh mit einander nach der Regel der Alten und bei den Volksfesten pflegen auch die herangewachsenen Knaben in einer besondern Abtheilung um Preise zu kämpfen.

Die Heiterkeit des Festes erreicht ihren Höhepunkt, wenn das „Sackgumpen"*) beginnt. Das sonderbare Hoppen und Hüpfen der nach unten vermummten Wettkämpfer, die eine zu rasche Bewegung leicht zu Boden bringt, versetzt begreiflicher Weise die Jugend in eine Ekstase, von der auch die Alten angesteckt werden, und wenn ein recht herzhaftes Lachen ein treffliches Gesundheitsmittel ist, so sollten die Aerzte das Sackgumpen in ihre materia medica aufnehmen. Beim Anblick der possirlichen Gestalten der Sackgumper entstehen überhaupt possirliche Reflexionen. Während meine Gedanken sich in die Hygieine und Medicin

*) Gumpen (Engl. jump), springen, hüpfen.

verliefen, sah einer meiner Nachbarn in der Kleidung der Sackgumper „Anti-Crinolismus“ und tadelte es, daß die Menschen immer in die Extreme verfielen; ein anderer deutscher Nachbar verglich das Sackgumpen mit den deutschen Einheitsbestrebungen, wobei ich ihn tröstend darauf verweisen konnte, daß es denn doch auch beim Sackgumpen möglich sei, das Ziel zu erreichen.

Zum Aelplerfest gehören auch musikalische Wettkämpfe; denn wie die Klänge des Alphorns und mehr noch das Jodeln zum Leben der Hirten nothwendig sind und durch keine Zukunftsmusik sich werden verdrängen lassen, so dürfen Productionen der Art am Aelplertage nicht fehlen. Zum „Bücheln“*) d. i. Alphornblasen melden sich meistens nur wenige Concurrenten, dagegen sind gute Jodler in den Gebirgscantonen sehr häufig und auch an Jodlerinnen fehlt es nicht, obgleich die forcirten Jodel-Cadenzen sich wenig für die weibliche Stimme eignen.

Wenn mit der Preisvertheilung, an welche sich ein tausendstimmiges Hoch auf das Land und die Eidgenossenschaft schließt, das eigentliche Fest beendigt ist, bewegt sich der laute Festzug wieder zum Flecken zurück, wo dann in den verschiedenen Wirthschaften die Gruppen den Festjubel nicht selten bis zum Aeußersten potenziren. Natürlich fehlt dabei der Sennentanz nicht, den statt der Salonmäßigkeit die unbändige Lust an dem Dinge an und für sich charakterisirt und mancher herzhafte Jodler mischt sich in die Tanzmusik.

*) Verwandt mit dem englischen bugle und buglehorn.

Eine Zierde früherer Zeiten vermißt man ungern bei dem Aelplerfeste in Schwyz: die malerische Nationaltracht der Frauen und Mädchen ist fast ganz verschwunden, während bei einem solchen Feste in Unterwalden das Costüm die ganze Frauenwelt in die beiden Klassen der in dem Hafen ehelichen Glücks Gelandeten und der Hoffenden sichtbarlich sondert. Zum Kopfputz der Jungfrauen gehört regelmäßig ein quer durch das Geflecht gesteckter Pfeil, der weit größer ist, als man sich den Amorpfeil zu denken pflegt und dadurch ganz offen die Gefahr anzeigt. Auch „Töchter von bestandenem Alter“ tragen noch diesen Pfeil; in der herrlichen Festhalle des eidgenössischen Schützenfestes bei Stans hatte eine wohl sechzigjährige tugendsame Jungfrau den großen Messingpfeil in ihrem silbergrauen Haar.

So wie die Seltenheit der Nationaltracht in Schwyz auffällt, befremdet es auch, daß in diesem Kernlande der Schweiz keine Maienlandsgemeinde gehalten wird, wie in Uri, Unterwalden, Appenzell und Glarus. Die letzte allgemeine Landsgemeinde war im September 1847. In dieser stark besuchten gewitterschwülen Versammlung am Rothenthurm wurde der Sonderbund mit dem Bunde am Rütli verglichen und deducirt, daß diese beiden Bünde unter gleichen Verhältnissen entstanden und ihrem Wesen nach ganz das Gleiche seien! Das Gewitter entlud sich im November desselben Jahres in dem kurzen Sonderbundskriege unseligen Andenkens.

Mit der Landsgemeinde hat die unmittelbare Demokratie ihre Erscheinungsform verloren, doch wird der Name Landsgemeinde noch verwendet für die Bezirksgemeinden, und auch in den Formen dieser Versammlungen ist ein Nachklang der Landsgemeinden. Sie finden verfassungsmäßig statt am ersten Sonntage im Mai, womöglich im Freien, z. B. bei der Kirche in Wollerau. Sie beginnen mit einem Gebet und die Eröffnungsrede des Bezirksammanns enthält nicht selten starken Pathos. So begann 1862 ein Bezirksammann seine Anrede mit dem Danke für das ihm geschenkte Zutrauen und der Hinweisung, welch' ein heiliges Recht heute in den Händen jedes Bürgers liege, gleich einem Kaiser und König sich frei, offen und ungezwungen die Behörden zu wählen; wie glücklich sie seien gegenüber den vielen Millionen, die nach Freiheit ringen, im Blute schwimmend ihr Leben opfern u. s. w. u. s. w. Wie sehr man auch das Freiheitsgefühl der Schweizer und die Zufriedenheit mit ihrem Staatswesen und in den meisten Cantonen wohlgeordneten Staatshaushalt als berechtigt anerkennen muß, ist doch der Festrhetorik und des pathetischen Schwunges in den politischen Reden, zumal bei den Volksfesten, wo diese Reden sich wie Ströme ergießen, oft zu viel und die beliebte Bildersprache nicht immer gelungen. Bei einem großen Feste im Jahre 1851 erklärte ein Redner die Symbolik der eidgenössischen Farben: „Roth ist das Blut und bereitwillig müssen wir unser Blut dem Vaterlande opfern; weiß ist die Farbe der Unschuld und (— eine kleine Stockung —) die müssen wir auch opfern!"

Etwas kürzer könnten solche Reden auch sein, als sie es durchgängig sind und die Züricher sagen sehr treffend von einem Redner, geistlich oder weltlich, der nicht fertig werden kann: „Er kann nicht landen!"

In der jährlichen Bezirksgemeinde-Versammlung werden Landesgeschäfte berathen, die geprüften Rechnungen genehmigt, besonders aber die nöthig gewordenen Wahlen der Beamten vorgenommen. Die obersten Beamten sind der Bezirksammann und der ihm zur Seite stehende Bezirksstatthalter. Der neu gewählte Ammann nimmt das Schwert in die Hand und die Bürger leisten ihm den üblichen Eid. Andere Beamte, die hier gewählt werden, sind der Seckelmeister, die Mitglieder des Bezirksraths und des Bezirksgerichts, die Landschreiber 2c.

Mit den Landsgemeinden in Schwyz ist ein großes Stück der Geschichte dieses Landes ad acta gelegt, aber es lohnt sich, auf dieselben zurückzublicken, da sie nicht bloß ein staatsrechtliches, sondern auch ein culturgeschichtliches Interesse haben. Blumer hat in seiner musterhaften „Staats- und Rechtsgeschichte der schweizerischen Demokratien" mit der Wahrheitsliebe eines unbefangenen Historikers die Schattenseiten in dem Leben der Landsgemeinden herausgestellt und gezeigt, daß nicht bloß Könige und Fürsten, sondern auch freie Völker in ihrer Souverainetät Tyrannen sein können. Ich will nicht wiederholen, was ruhiger und besser als von Blumer nicht gesagt werden könnte, sondern nur eine Episode aus der politischen Geschichte des Landes Schwyz erzählen, welche zeigt, daß das

Glück in dem Leben eines Staatsmanns in kleinen Republiken wie in großen Staaten eine Figur mit thönernen Füßen ist.

Zur Zeit der Streitigkeiten des Abts von St. Gallen mit den Toggenburgern im Anfange des achtzehnten Jahrhunderts, die zwar zunächst um Hoheitsrechte des Abts sich drehten, aber bald einen confessionellen Charakter annahmen und bei denen Schwyz nicht unbetheiligt blieb, wußte Joseph Anton Stadler, als er nur noch ein schlichter Privatmann und Wirth war, durch Klugheit und Energie sich eine Stellung bei dem Volke zu verschaffen, daß die Beamten vor ihm zittern mußten. Durch ein „Versehen" des Landschreibers stimmte ein wichtiges Schreiben der Regierung von Schwyz für den Abt von St. Gallen nicht mit dem Protokolle überein. Stadler nannte die Sache beim rechten Namen Fälschung, die unter Connivenz des Landammanns stattgefunden habe. Die Schuldigen wurden empfindlich am Vermögen gestraft und sollten auch, nach dem Beschlusse der Landsgemeinde, in den Ring stehen und um Verzeihung bitten, doch wurde ihnen diese Ehrenstrafe aus Gnade erlassen. Stadler, 1704 von der Landsgemeinde zum Landvogt des Rheinthals gewählt, war bald der allgemeine Liebling des Volks. Als darauf 1708 die Fürsprecher Carl und Ignaz Pfeil gegen die Landsgemeinde und gegen den Volkstribun Stadler ehrverletzende Reden ausgestoßen hatten, wurden sie vor die Landsgemeinde gestellt und verurtheilt, in den Ring zu knieen, öffentlich zu widerrufen und um Verzeihung zu bitten, dann nach Einsiedeln zu wallfahrten und dort zu beichten. Aber Stadler stand jetzt „auf seines Daches Zinnen“ und noch in demselben Jahre erfolgte sein jäher Sturz. Schwyz hatte sich mehr dem Abte zugeneigt und Stadlers Gegner hatten wieder eine Position gewonnen. Der katholische Clerus in Schwyz murrte, daß Stadler es mehr mit den Reformirten als mit seinen eigenen Glaubensgenossen halte; es wurde auch herumgeboten, daß Stadler auf die Frage des Landammanns, was zu thun sei, wenn im Toggenburg die Katholiken ganz von den Reformirten aus den Kirchen vertrieben würden, gleichgiltig geantwortet habe: Wir wollen sie machen lassen.

Im August 1708 wurde Stadler zu Lachen verhaftet und in den Thurm nach Schwyz gebracht. Die zum Aeußersten bereite Obrigkeit wußte wohl, daß Stadler die Volksgunst noch besitze, daher beschloß sie nicht nur rasch zu handeln, sondern der Landeshauptmann erhielt auch den Auftrag 160 vertraute Männer aufzubieten und gut bewaffnet in der Nähe zu halten, damit sie beim ersten Zeichen der Sturmglocke der Obrigkeit zum Schutze dienen könnten. Vor dem Kerker und dem Rathhause wurden Wachen „mit scharfer Ordre“ aufgestellt. Am 17. August wurde in der Rathsitzung erkannt, daß Stadler gütlich und peinlich examinirt werden solle, auch ein Proclam erlassen, daß jeder als ein Rebell angesehen werde, der Stadler und sein Thun „beschönige“. Auf den 17. des folgenden Monats setzte man das Blutgericht an, wobei zugleich die hohe Regierung des Cantons die löblichen

Orte Luzern, Uri, Unterwalden und Zug um Hülfe ersuchte, falls eine Volksbewegung zu Gunsten Stadlers sich erhebe, und jeder dieser Orte hielt an den Grenzen von Schwyz einen Auszug von 200 Mann bereit, um im Falle der Noth einzurücken. Zu den Klagpunkten gehörte merkwürdiger Weise, daß Stadler den Landleuten die „neue Lehre" habe beibringen wollen, es könne die Landsgemeinde über Leib, Ehre und Gut richten, da er doch selbst habe bekennen müssen, daß „wer solche Lehr wolle behaupten, ein Ursach wäre, daß das Vatterland müßte zu Grund gehn, weilen unmöglich seye, vor einer Lands-Gemeind eine dem Rechten nach erforderliche Ordnung zu halten, und der gemeine Mann die Eigenschaften eines Richters nit habe, über Leib, Ehre und Gut zu richten". Was hier neue Lehre genannt wird, war unbestritten altes Recht der Landsgemeinden in den urdemokratischen Ländern, wie sehr auch der Zweifel an der Zweckmäßigkeit der Handhabung des Blutbanns durch die Volksmasse, zumal in politisch aufgeregten Zeiten, berechtigt sein mochte.

Vor dem Blutgerichte vertheidigte sich Stadler in einer fast dreistündigen ausgezeichneten Rede, aber natürlich vergebens; er wurde zum Tode durchs Schwert verurtheilt. Entgegen der sonstigen Gewohnheit führte man ihn Abends nach 6 Uhr, als es schon dunkelte, auf die Weidhub, den Richtplatz. Die Standhaftigkeit verließ ihn nicht und er sagte zum Nachrichter: „Sei beherzt und halte dich wohl, du richtest heute einen Biedermann".

Durchblättern wir weiter das Buch der Strafrechtspflege von Schwyz, so finden wir darin manches blutrothe Blatt. Ein moderner Brutus, ein Mann antiker Tugend, der Landammann Amberg, sprach im Jahre 1540 selbst des Todesurtheil über seinen ungerathenen Sohn. Am Tage der Hinrichtung verabschiedete er sich unter Thränen von seinem Kinde und zog sich auf eine einsame Burg zurück, wo er ein wahres Bußleben führte. Noch vor seinem Tode stiftete er zur Sühne seiner eigenen und der Seele seines hingerichteten Sohnes ewige Jahrzeiten in den Pfarrkirchen zu Schwyz und Iberg. So berichtet Faßbind in seiner Geschichte des Cantons Schwyz und an der Wahrheit der Erzählung ist nicht zu zweifeln, obwohl sonst das altschweizerische Recht die Familienliebe nie zu Gunsten des starren Rechts wollte verläugnen lassen, indem nicht nur der Vater nicht über den Sohn zu urtheilen hatte, sondern die Blutsverwandten auch befreit waren von der sonst allgemeinen Pflicht der Nacheile und der Fahndung eines Missethäters, wie von der Denunciation und vom gerichtlichen Zeugnisse, und wo jemand seinen Vater und Bruder bluten sah in einem Streite, da durfte er Partei nehmen, während es sonst allgemeine Bürgerpflicht war, sich nicht in einen Streit und eine Schlägerei einzumischen, sondern Frieden zu gebieten und zu scheiden.

Hexenprozesse mit dem bekannten Finale werden aus dem 17. Jahrhundert mehrere angeführt. 1640 verurtheilte das Malefizgericht eine Zürcherin, Genofeva Brennwald dahin: „der Scharfrichter soll sie ausführen über eine freie Reichsstraße an die gewohnte Richtstatt, daselbst ihr Haupt abschlagen und zwei Stücke aus ihr machen, daß ein Karrenrad zwischen durch möge und dann den Körper auf einen Scheiterhaufen legen, den anzünden, selbigen mit Haut und Haar, Fleisch, Mark und Bein zu Pulver und Aschen verbrennen und dann die Asche so tief in die Erde vergraben, daß keiner Creatur dadurch Schaden wiederfahren möge und dann die Seele Gott und die Asche der Erden befehlen". Am 26. Mai 1642 wurde eine Frau verbrannt, eine andere enthauptet, „weil sie viel Leut und Vieh verderbt"; sodann 1650 eine Frau und ein 15jähriger Knabe aus Einsiedeln als „Unholden" durchs Schwert gerichtet. Ein Jahrhundert später, 1752, wich man von der hergebrachten Praxis so sehr ab, daß man eine „erzboshafte, mit dem Teufel verpaktete Frau, die dem Kloster im Muotathal und den Thalleuten großen Schaden an Vieh u. s. w. zugefügt hatte", im Gefängnisse zu Schwyz nur erdrosselte.

Eine großartige Ketzerverfolgung der Sekte der Nicomediten, die sich in Arth gebildet hatte, fand im Jahre 1655 statt. Es wurde viel gefoltert und vier Sektirer wurden enthauptet, zwei Schwestern in das Inquisitionshaus nach Mailand gebracht, andere in anderer Weise gestraft. Viele Sektirer flüchteten und fanden besonders in Zürich Aufnahme. Um die Verstocktheit der Nikomediten zu charakterisiren, erzählt Faßbind, daß einer derselben, Malk von Ospenthal, Vater von 9 Kindern, seine irrgläubigen Genossen, als sie sich auf die Flucht begaben, ans Schiff begleitete, aber nicht mit ihnen fliehen wollte, wie innig es ihm auch seine Freunde riethen. „In der Gefangenschaft verhielt er sich mit unbeugsamem Trotze. Obwohl die härteste Folter fünfzehnmal gegen ihn ausgeübt wurde, so brachte man doch kein Wort von ihm heraus. Als der Nachrichter den Todesstreich auf ihn zuckte, rief er vernehmlich: Das walt Gott!“ Faßbind schließt seinen ausführlichen Bericht mit der tröstlichen Notiz: „Dem Staatsschatze des h. Standes Schwyz kamen durch das Confisciren der Güter und des Vermögens der verurtheilten und geflüchteten Arther über 80,000 Gulden zu“.

Bekanntlich sind die Schwyzer stets die Vorkämpfer für den alten Glauben gewesen und es wird berichtet, daß ein Klosterbruder Niklaus Zwyer sich zum Gottesurtheil gegen Zwingli und seine Jünger erbot, indem er für die Wahrheit der katholischen Lehre durch die Flamme doppelter Scheiterhaufen gehen wollte.

Die Strafrechtspflege wurde hier vom spätern Mittelalter bis zur neuesten Zeit zwar nach Maßgabe der Carolina gehandhabt, aber manche Strafbestimmungen fanden sich auch in den Landesgesetzen. In dem organischen Gesetze über rechtliches Verfahren in Criminalfällen vom 14. März 1835 wurde der Gebrauch der peinlichen Gerichtsordnung Kaiser Karl V. nochmals bestätigt, aber mit einem merkwürdigen kosmopolitischen Zusatze: „dem Richter, so wie dem Staatsanwalt und Vertheidiger bleibt unbenommen, sich auf die in verschiedenen Staaten eingeführten Strafgesetze und insbesondere den allgemeinen Gerichtsgebrauch zu beziehen und Rücksicht zu nehmen". Dasselbe Gesetz leistet auch der „uneigentlichen Folter" Vorschub, indem es bestimmt: „Angeschuldigte, welche sich durch boshafte Verstellung der schuldigen Beantwortung der an sie gerichteten Fragen zu entziehen suchen, mögen gezüchtigt werden. Diese Züchtigungen sollen von kurzer Dauer sein, drei Tage nicht übersteigen, dürfen auch in nichts Anderm bestehen als in Entziehung warmer Speise, in hartem Lager, Verminderung des Unterhalts, Kettenschließen oder Streichen, welche aber in Einem Verhöre die Zahl von sechs nicht übersteigen sollen". Die neue Strafprozeßordnung von 1848 hat diese Zwangsmaßregel bedeutend reducirt. — Ein neues Experiment im Strafrechts-Gebiete bestand darin, daß das Strafgesetz des Cantons Luzern den Behörden zur Beachtunge empfohlen wurde, was mancher Richter geradezu als eine Reception auffaßte, so daß mit Recht geklagt werden konnte, das fremde Recht werde auch da zur Anwendung gebracht, wo notorisches Gewohnheitsrecht vorhanden sei. Endlich ließ man durch einen ausgezeichneten Juristen in Basel im Jahre 1856 ein neues Strafgesetz entwerfen. Dieser Entwurf, der außer dem Vorzuge der Kürze das Lob verdient, mit historischem Gewissen und nicht nach der üblichen Schablone gemacht zu sein, wurde vom Cantonsrath berathen und den Kreisgemeinden zur Abstimmung vorgelegt, fand aber keine Billigung bei dem Volke. In demokratischen Ländern ist das Volk immer mißtrauisch gegen neue Gesetze, auch wenn das alte Recht baufällig geworden ist und obgleich dieser Entwurf gar nicht durch Strenge abschreckend war, mochte doch die immer wiederkehrende Zuchthaus- und Gefängnißstrafe abschrecken und bei Manchen die Furcht vor großer Kostspieligkeit des neuen Strafensystems erwecken. Ungefähr um dieselbe Zeit wurde auch in Glarus ein guter Strafgesetz-Entwurf verworfen, obgleich das dortige Strafrecht an fühlbaren Gebrechen leidet.

So ist denn bei einer recht guten Strafprozeßordnung (1848) das materielle Strafrecht in Schwyz noch immer in einem chaotischen Werden, wenn auch weiter vom Mittelalter entfernt als in Unterwalden, Uri, Zug und Appenzell J. Rh. Der Mangel eines guten Gefängnißwesens mußte der Entwickelung der Strafrechtspflege hinderlich sein. Früher hatte das wohl die Folge, daß Leute wegen Verbrechen hingerichtet wurden, die in Culturstaaten nicht mehr als todeswürdig erschienen, z. B. im Jahre 1822 wurden an einem Tage zwei Männer enthauptet, einer wegen Urkundenfälschung, der andere wegen Diebstahl. Jetzt scheint man die Wohlthat der Besserung im Zuchthause wenigstens nicht verschwenderisch Cantonsfremden zuwenden zu wollen. Ein sehr verdorbener junger Mensch, Karl Bossard aus Zug, der schon mehrfach von auswärtigen Criminal- und Polizeigerichten wegen Diebstahl bestraft war und einen Theil seiner Jünglingsjahre im Zuchthause von St. Gallen zugebracht hatte, war im Jahr 1862 Insasse des Armenhauses in Zug. Von hier besuchte er im Herbst das Cantonalschützenfest in Wollerau und verübte im Verlauf von

24 Stunden auf schwyzerischen Boden drei bedeutende Diebstähle, von denen wenigstens einer ein erschwerter war. Das Criminalgericht erkannte: dem Bossard sei die ausgestandene Haft als Strafe anzurechnen, demselben sodann 30 Prügelstreiche zu appliciren, weiter derselbe aus dem Canton zu verweisen und polizeilich heim zu transportiren. „Heiliger Florian, behüt' dies Haus, zünd' andre an!"

Ueber Andreas Fricker von Veltheim, Canton Aargau, wurde 1861 wegen Tödtung unter mildernden Umständen zu Recht erkannt: 1) Er sei zu 8 Tagen Gefängniß, je um den andern Tag mit magerer Kost, verurtheilt, 2) sei derselbe beim Antritt und nach Erstehung der Gefängnißstrafe jedesmal mit 10 Stockstreichen zu züchtigen; (Willkommen und Abschied nannte man das früher in Deutschland.) 3) sei er auf 10 Jahre in seinen bürgerlichen Rechten und Ehren eingestellt und auf gleiche Zeit aus dem Canton Schwyz verwiesen. Da in dem Urtheil des Cantonsgerichts hervorgehoben ist, es gehe aus allen Verumständigungen hervor, daß F. keineswegs die Absicht gehabt die Frau F. schwer zu verletzen oder gar zu tödten, so lag nach alter schweizerischer Grundanschauung keine unehrliche Tödtung vor und war seine Behandlung als eines Ehrlosen durchaus nicht am Platze.

Wenn man übrigens die Criminal-Statistik eines Landes als dessen Tugend- oder Lasterspiegel nehmen dürfte, so müßte man — was ich auch gar nicht in Abrede stellen will — Schwyz ein sehr tugendsames Land nennen, denn im Jahr 1860 standen dort nur 13, im Jahr 1861 nur 12 Individuen vor dem Criminalgericht.

Aus der Strafrechtsgeschichte des Landes Schwyz habe ich einen ältern Fall aufgespart, der wohl eine gesonderte Erzählung verdient.

Vor 40 Jahren behandelte der Bauer Leonhard Carl Inderbitzi ein überreiches Thema in einer kleinen Druckschrift mit dem lockenden Titel: „Kaleidoskop oder unerschöpfliche Mannigfaltigkeit der Ehestandsfarben. Von einem sonderbaren und seltenen Autor im Hirtenhemd und Holzschuhen aus dem Canton Schwyz" (Zug 1824.) Aus dem Bereiche der „Mannigfaltigkeit der Ehestandsfarben" spielte ein Jahrhundert früher in der Familie Inderbitzi eine Geschichte, welche zeigt, daß auch das wirkliche Leben, nicht bloß die Phantasie, Romane hervorbringt.

Anna Maria Inderbitzi in Ibach an der Muota wurde bei ihrer Geburt mutterlos und bald verlor sie auch ihren Vater im Kriege 1712. Das verwaiste Mädchen fand bei dem Bruder des Vaters eine liebevolle Aufnahme, denn der biedere Mann sah in dem Kinde ein theures Vermächtniß des Zwillingsbruders, der in den Krieg hatte ziehen müssen, während er am heimischen Heerde bleiben konnte und der, als er die Todeswunde empfangen hatte, zum Himmel blickte und mit Vertrauen auf Gott und seinen Bruder in dem letzten Gebete für sein Kind das Leben aushauchte. Aber das Kind machte den Pflegeältern, je mehr es heranwuchs, nicht wenig Sorge; es war ein ganz ungewöhnliches Kind, dessen Wesen die guten Bauersleute nicht begriffen und das sie daher nicht zu leiten vermochten. Ohne Geschick für häusliche und ländliche Arbeiten, und auch nie streng dazu angehalten, führte das Mädchen inmitten einer emsig schaffenden Dorfbevölkerung ein Leben als wäre sie eine verwunschene Prinzessin aus einem Märchen. Im grünen Walde war ihr liebster Aufenthalt, da sprach sie mit den Vögeln und mit den Bäumen, schmückte sich phantastisch mit Laub und Blumen und vergaß oft das Heimkommen bis sie von den Ihrigen bei einbrechender Nacht gesucht wurde. Schulunterricht genoß sie mit den übrigen Dorfkindern nur im Winter und dieser Unterricht beschränkte sich auf Lesen, Auswendiglernen geistlicher Lieder und etwas Geschichte der Schweiz. Der Ludimagister erzählte den Kindern von Suit und Schejo, den mythischen Heroen des Ländchens, vom Tell, von Morgarten und Sempach und führte sie auch an einem Frühlingstage nach dem Flecken Schwyz, um ihnen am dortigen Rathhause die erzählten Geschichten in Bildern zu zeigen, wodurch den ohnehin nicht zweifelnden Kindern das Ganze zur lebendigen Wahrheit wurde. Bei Anna Maria gesellten sich zu diesem Unterricht und der Anschauung der Geschichte die Farbenspiele der Phantasie; ihr gefallener Vater wurde ihr ein Winkelried, der in dem Kampfe gegen die Berner bei Sins durch seinen Tod den Schwyzern den Sieg verschafft hatte. Da sie ihre historischen Entdeckungen den übrigen Kindern in lebhafter Schilderung mittheilte, so brachte sie in den annalistischen Geschichtsunterricht des Dorfschulmeisters nicht geringe Verwirrung. Als nun der Frühling es ihr gestattete den Schulstaub wieder mit dem Waldesduft zu vertauschen, da gesellte sich oft eine alte holzlesende Frau zu ihr, die das aufgeregte Kind durch wunderbare Erzählungen noch weiter in eine Zauberwelt hineinführte. Die Alte hatte sich erst vor Kurzem in Ibach eingefunden, nachdem sie heimatlos und unstät den größten Theil ihres Lebens in vieler Herren Ländern umhergeschweift war. Sie wurde in Ibach geduldet, da sie den Gebräuchen der Kirche genau nachlebte und bei manchen Krankheiten guten Rath zu ertheilen vermochte. Während sie vor den übrigen Dorfbewohnern sehr schweigsam war über ihr früheres Leben, kramte sie im stillen Walde vor dem Kinde den einzigen Schatz aus, den ihr das Leben gelassen, bunte Bilder aus der Ferne weit hinter den Bergen, wo große reiche Städte lagen und an Fürstenhöfen Cavaliere und Edelfräulein bei Turnieren der Minne pflegten, wohin über das wogende Meer bewimpelte Schiffe die Schätze aus fernen Welten trugen und die Menschen viele Sprachen redeten. Das staunende Kind nahm die phantastischen aus Wahrheit und Dichtung gemischten Bilder in sich auf ohne es zu ahnen, daß sie den Boden bereiteten für unsägliches Unglück seines spätern Lebens.

Der Sommer war noch nicht zu Ende, als plötzlich Anna Maria aus ihrer Traumwelt in einen neuen Lebensabschnitt versetzt wurde. Die Wittwe des bei Sins gefallenen Feldobersten Reding, die von dem hübschen ungewöhnlichen Mädchen gehört und erfahren hatte, daß es die

Tochter eines Kriegers sei, der an der Seite ihres Mannes den letzten Kampf gekämpft hatte, ließ das Kind zu sich kommen und fand an demselben so großen Gefallen, daß sie dasselbe zur Gesellschafterin ihrer eigenen Tochter gleichen Alters bestimmte. Die Pflegeältern Anne Mariens, die bei aller Liebe zu der Nichte sie nicht zu erziehen vermochten, willigten gern in den Vorschlag, der ihnen als ein Segen des Himmels erscheinen mußte. So kam Anna Maria in ein vornehmes Haus, das denn aber doch den soliden Charakter schweizerischer Häuslichkeit hatte und darum geeignet war, sie allmälig für das Leben brauchbar zu machen. Dem Unterricht, der ihre mangelhafte Schulbildung ergänzen sollte, widmete sie sich mit großem Eifer und bei ihrer geistigen Begabung mit raschen Erfolgen. Auch die Musik wurde nicht vernachlässigt, bei der freilich damals noch nicht darauf abgesehen wurde Clavier-Virtuosinnen und Coloratur-Sängerinnen zu bilden: mit einiger Gewandheit die Zither zu spielen und einfache Lieder zu singen, das erschien als die Kunsthöhe, zu welcher eine Schwyzerin sich erheben konnte.

Das wildphantastische Kind reifte zur Jungfrau heran. Konnte man sie nicht schön nennen, so wäre doch das Prädicat hübsch viel zu matt gewesen, um ihre Erscheinung zu bezeichnen. Wenn sie das dunkle Auge aufschlug, so fesselte es, denn in diesem Spiegel reflectirte sich ein Geistesleben ungewöhnlicher Art. Die hüpfende Phantasie des Kindes war umgewandelt in eine tiefsinnige Schwärmerei. Anna Maria war auf dem Punkte angekommen, wo sie unaussprechlich glücklich und unendlich unglücklich werden konnte, wenn die Liebe ihr Herz erfaßte, und die Zeit blieb nicht aus, wo ihr des Lebens Würfel fielen.

Die Familie Reding war eine echte Soldatenfamilie; die Kämpfe in der Schweiz wie die Kriege der Könige und Fürsten umher zeigen Jahrhunderte hindurch Redings in hervorragender Stellung; aber das kleine Ländchen Schwyz schickte fortwährend noch viele andere seiner Söhne auf dieselbe kriegerische Laufbahn ins Ausland und so hatte Schwyz die entgegengesetzten Pole des stillen Hirtenlebens und des wilden Kriegslebens. Zu der Zeit, bei welcher unsere Erzählung angelangt ist, kam ein in französischen Diensten stehender junger Offizier, der in einem Duell verwundet war, nach Schwyz, um in der heimatlichen Bergluft völlige Genesung zu suchen. Er wurde bald ein häufiger Gast in dem Hause, in welchem sich Anna Maria Inderbitzi in halber Freiheit und halber Abhängigkeit befand. Ein junger blasser verwundeter Krieger ist immer gefährlich für ein jungfräuliches Herz und als der junge Mann dem Mädchen die zarteste Aufmerksamkeit erwies, auch an französischer Galanterie es nicht fehlen ließ, die sie für eine edlere Liebesform nahm, da erwachte in ihr eine Leidenschaft, die keinen Widerstand fand an sittlicher Kraft, sondern, wie einst ihre Kinderphantasie, schrankenlos überfluthete. Die Beendigung des Urlaubs rief den Offizier nach Frankreich zurück und Anna Maria —

„was hat man dir, du armes Kind, gethan?

In durchweinten Nächten gestaltete sich aus dem Gewirre hoffnungsloser Liebe und herzzerreißenden Schmerzes der Entschluß die Heimat zu verlassen, bevor ihre Schande zum Gerede der in solchen Fällen „tapfer schmälenden“ Mädchen- und Frauenwelt würde. Aber wohin? Vorläufig hatte sie kein anderes Ziel, als die weite weite Welt.

Wir finden sie wieder an der Grenze der Schweiz und des Elsaßes in einer Gesellschaft „fahrender Leute“, welche obdachlos und zigeunerartig nomadisirten. Sie war von einer alten Frau betroffen worden, als sie am Ufer des Rheins ihren Blick versenkt hatte in die ruhig dahinfließende und Ruhe verheißende Fluth. Es bedurfte keines besondern Scharfblicks der Alten, um die Lage des unglücklichen Mädchens zu erkennen und da sie ihr die Erzählung ihrer Geschichte ersparen konnte, war die Kluft des Fremdseins schon einigermaßen übersprungen. Das hübsche Mädchen für ihre Gesellschaft zu gewinnen, erschien der Alten ein vortheilhafter Plan und sie besaß Lebenserfahrung und Gewandtheit genug, um durch eine einschmeichelnde, aber allen Schein der Zudringlichkeit vermeidende Freundlichkeit ein armes Geschöpf heranzuziehen, das so ganz einsam und verlassen in der Welt dastand. So gerieth Anna Maria in eine Genossenschaft, deren Lebenszwecke ihr vorerst verschleiert blieben und in welcher sie unter der Obhut der Alten zur Mitwirkung eine geraume Zeit gar nicht angehalten wurde. Sodann nahm man sie auch nur als Zitherspielerin und Sängerin in Anspruch, zuerst im Kreise der „Ihrigen“ um stille Feuer im

Walde, darauf an Kirchweihen und Jahrmärkten, wo die collectirende Alte eine gute Ernte hatte, da die Schweizerlieder des Mädchens mit den großen Augen und dem blassen Gesichte gar wohl gefielen. Zwar schnitt es ihr ins Herz, wenn sie ein Liebeslied sang, aber das Weh im Herzen verlieh ihrer Stimme einen eignen Schmelz und in den Saiten zitterte die Liebesklage in ungewöhnlichen Accorden. Zwar erschien ihr nun die weite Welt so ganz anders, als die alte Vesa im Walde von Ibach geschildert hatte, aber allmälig gefiel ihr das Wanderleben und immer weiter entfernte sie sich unter dem Einflusse ihrer Umgebung von den zarteren Gefühlen, die sie aus ihrem frühern Leben mitgebracht hatte. Als jedoch die hin- und herfluthende Bande aus dem Elsaß und Baden in die Schweiz geworfen war, da weigerte sich Anna Maria, die Heimatklänge ihrer Schweizerlieder hier in feiler Kunst auszubieten, weshalb sie roh von den rohen Genossen behandelt wurde. Der Gedanke der Flucht ward bald mächtig und schlau wußte sie eines Abends die mit Argusaugen sie bewachende Alte zu täuschen und sich loszumachen von der unsaubern Gesellschaft. Wieder stand sie einsam in der Welt da, aber nicht mehr scheu und verlegen um die Mittel das Leben fortzuführen, wie es eben gehen möge. In Bern gab sie sich für die Tochter des Landammanns Reding aus, der sie habe zwingen wollen in Solothurn in ein Kloster zu gehen, weshalb sie das älterliche Haus verlassen habe. Da sie mit den Verhältnissen der Familie Reding so gut bekannt war, erhielt sie reichliche Unterstützung, aber zu ihrem Unglück wurde die Sache nach Schwyz gemeldet und ihr Verhalten erkannt, so daß der Rath beschloß: „die 200 Gulden, so Maria Inderbitzi erhalten, sollen bezahlt und die Person durch einen Expressen abgeholt werden". So geschah es und das Mädchen mußte eidlich versprechen den Canton Schwyz nicht zu verlassen. Aber was sollte sie dort anfangen? Ihr Onkel war gestorben und die übrigen Verwandten weigerten sich jeder nähern Verbindung mit der liederlichen Herumtreiberin. So fiel sie denn ihrer Heimatgemeinde zu, die ihr natürlich das kärgliche Armenbrot nicht umsonst geben wollte; aber zu arbeiten hatte sie früher wenig gelernt und es mittlerweile ganz verlernt. Eines Tages war sie spurlos verschwunden und geraume Zeit trieb sie sich bald in Süddeutschland bald in der Schweiz umher, immer tiefer sinkend und wenn die Noth groß wurde, auch vor Diebereien nicht zurückschreckend. Zuletzt wurde sie in Willisau gefangen, nach Schwyz transportirt und daselbst auf dem Rathhause eingesperrt. Ihr Sündenregister war groß genug, um ein peinliches Verfahren zu veranlassen und am 15. Januar 1725 versammelte sich das zweifache Malefizgericht, um über sie zu urtheilen. Da führte aber ein sonderbarer Incidenzfall auf eine eigenthümliche Rechtsfrage. Ein Gerbergesell Magnus Weber von Mölig in Schwaben trat vor das Gericht mit der Erklärung, wenn der Anna Maria Inderbitzi das Leben geschenkt und sie von Henkershand verschont werde, wolle er sie ehelichen; er habe sie zwar nie weder gesehen noch gesprochen, sein Entschluß rühre lediglich aus christlichem

Mitleiden her, auch habe sein Großvater eine solche Weibsperson durch Heirat am Leben erhalten und Glück und Segen habe auf ihrer Verbindung geruht. Das Malefizgericht kam nach reiflicher Ueberlegung zu dem Erkenntniß: „Es sollen beide Personen in der kleinen Rathsstube auf der Stelle zusammengeführt werden und wenn beide in das Eheversprechen einwilligen, soll der Anna Maria jede Strafe nachgelassen sein". In Gegenwart des Pfarrers Werner Strübi und zweier Kapuziner fand die seltsame Verlobung statt und während Magnus Weber die erforderlichen Schriften aus seiner Heimat abholte, blieb die Braut auf seinen Wunsch und seine Kosten auf dem Rathhause. Nach vierzehn Tagen war die Hochzeit. Wie sich das Kaleidoskop der Ehestandsfarben gestaltete, darüber haben wir leider keine authentischen Nachrichten.

Aus Deutschland sind viele Fälle bekannt, in denen aus Begünstigung der Ehe das verwirkte Leben geschenkt wurde; auch in der Schweiz steht der obige Fall nicht vereinzelt da und aus der zweiten Hälfte des siebzehnten Jahrhunderts wird eine Geschichte erzählt, die Gellert's Fabel „Der beherzte Entschluß" an Pikanterie überbietet. In Romont (Canton Freiburg) sollte ein junger Mann wegen Diebstahl gehängt werden. Als er schon unter dem Galgen stand, trat ein Mädchen heran und erbot sich ihn zu ehelichen und dadurch, „nach der Sitte des Landes", sein Leben zu retten, auch wolle sie alle Prozeßkosten bezahlen. Der Verurtheilte sah sie einen Augenblick an, dann aber klopfte er dem Henker auf die Schulter und sagte: „Compère mon ami, allons seulement notre petit train, elle est borgne“ — und ließ sich hängen.

Psychologisch interessant ist es, daß in allen mir bekannten Fällen der Art die rettenden Engel zartfühlende Mädchen waren; nur der obige Fall aus Schwyz und einer aus Augsburg (1621), ein anderer aus Solothurn (1632), machen eine Ausnahme.

Auch dem Civilrecht und dessen Behandlung im Lande Schwyz läßt sich eine culturgeschichtliche Seite abgewinnen und ich kann es mir nicht versagen, die kurze Besprechung dieses Thema's mit einer Geschichte zu beginnen, die zwar in der Schweiz allgemein bekannt ist, aber auch als Tradition alter Biederkeit nicht vergessen werden darf.

Zwei Nachbarn waren wegen eines Stückes Wiesenland streitig geworden. Als nun zum letzten Mal in dem Sommer das Siebnergericht in Schwyz anberaumt war, ging Franz am Abend vorher zu seinem Nachbarn und sagte: „Caspar, du mußt morgen mit auf Schwyz kommen, damit wir unsre Sache dem Richter vortragen können“. Dem Caspar war dieser Vorschlag sehr unbequem, weil seine ganze Heuernte daliege und nothwendig eingebracht werden müsse, wogegen ihm Franz bemerkte, daß in langer Zeit dann keine richterliche Entscheidung erhältlich sein werde und die Wiese doch besorgt werden müsse. „Nun denn, sagte Caspar, so gehe du allein nach Schwyz und trage dem Richter deine und meine Gründe vor“. — „Gut, wenn du mir die Sache anvertrauen willst, so werde ich sie für dich wie für mich besorgen". Und so geschah es. Caspar blieb daheim und besorgte seine Heuernte, Franz wanderte nach Schwyz und trug dem Richter die Gründe einfach und redlich vor. Am Abend trat er zu seinem Nachbarn ins Haus und sagte: „Ich wünsche dir Glück, Nachbar, du hast den Handel gewonnen und die Wiese ist nun dein Eigenthum".

Einen Gegensatz zu dieser glaubwürdigen Geschichte bildet eine Rechtssage, die schwerlich auf diesem Boden gewachsen ist, sondern hier nur eine besondere Form angenommen hat:

Die Gemeinde Aegeri (Canton Zug) ist auf eigenthümliche Weise in den Besitz einer Allmend gekommen, die sich in den Bezirk Wollerau (Canton Schwyz) hineinerstreckt. Während eines großen Sterbens waren alle der Grenzen kundigen älteren Männer abhanden gekommen. Um die Grenzen wieder festzusetzen, verabredete man sich, es sollten zwei Männer zur gleichen Zeit von zwei bestimmten Stellen, jeder in seiner Gemeinde, ausgehen und wo sie zusammenträfen, sollte die Grenzmarke sein. Der Mann von Aegeri bediente sich aber, um vorwärts zu kommen, für den größten Theil des Weges eines Pferdes. Die von Wollerau, eine Täuschung erkennend, machten die Sache gerichtlich und schoben dem Mann von Aegeri den Eid zu, wozu er sich auch bereit erklärte, aber erst, nachdem er Erde aus seinem Garten in die Schuhe gestreut und Löffel und Kamm in seinen Hut gesteckt hatte, schwur er: „So wahr er seinen Schöpfer und Richter*) über sich habe, stehe er auf seinem Grund und Boden". Der Richter mußte nun für Aegeri entscheiden. Aber bald nach dem Tode des Mannes von Aegeri sah man ihn auf dem Schimmel, den er geritten, an der fraglichen Stelle, tobend und wüst thuend. Fromme Geistliche bannten ihn rückwärts, aber an den Frohnfasten und in einigen anderen Nächten erschien er noch fort und fort. So erzählte ein Mann in Schwyz an Meyer von Knonau, den Verfasser einer trefflichen Beschreibung des Cantons Schwyz, mit der Beglaubigung, sein, des Erzählers Schwiegervater, der an einem Frohnfastentage geboren sei, habe es selbst gesehen und gehört und ihm mitgetheilt. Es sind hier augenscheinlich mehrere auch anderswo bekannte Sagen zusammengerollt.

In dem herrlichen Landbuche von Schwyz erkennen wir die Wurzeln eines naturwüchsigen in Jahrhunderten gewordenen Rechts, das noch jetzt Kraft und Geltung nicht verloren hat, denn Menschen und Verhältnisse, denen das Recht dienen soll, sind dort nicht so verändert wie in anderen Ländern. Das Verhältniß von Allmend und Sondereigenthum bildet jetzt ein rechtliches Hauptthema wie in alter Zeit und wir dürfen dabei wohl einige Augenblicke verweilen.

Wenn in der üppigen Frühlingszeit die unzähligen Obstbäume, mit denen die Wiesen überall in den Niede-

*) In dem Wortspiel: Löffel und Kamm. Richter ist ein Kamm mit weiten Zähnen, richten wird für kämmen gebraucht.

rungen bedeckt sind, ihre Blüthenpracht entfaltet haben und daneben das ernste dunkle Grün der Tannenwälder ins Auge fällt, so glaubt man sich in eine Verzauberung versetzt, welche die Bilder des Winters und des Sommers rasch mit einander vertauscht, denn das „Blust“*) in seiner Continuität erscheint wie eine frische Schneedecke und ist doch der heitere Frühlingsmantel, das Tannengrün stellt daneben den Sommer vor und ist doch das alte Winterkleid.

Diese Obstbaumfülle in Schwyz ist recht alt und wir finden schon früh Rechtsbestimmungen zu dem Zwecke, die Obstbaumkultur zu fördern, indem die Markgenossen durch rechtliche Vortheile aufgemuntert wurden, Obstbäume auf der Allmend zu pflanzen. Ein Landraths-Beschluß von 1664 bestimmte, daß jeder Landmann sechs Bäume auf die Allmend setzen dürfe und daß diese Bäume ihm und seinen Kindern zu eigen sein, beim Tode der letzteren aber Gemeingut werden sollten, so daß der Charakter der Allmend dabei doch gewahrt blieb. Diese Einrichtung besteht noch und wie das Recht im Stillen sich weiter bildet, zeigt ein Gebrauch, der sich daran geheftet hat. Der Pflanzer läßt, um seiner Familie möglichst lange den Nutzen der Bäume zu erhalten, beim Pflanzen seinen kleinen Knaben den Stamm des Baumes halten und dieser Knabe wird dann nach einer wohlwollenden Auslegung als der Pflanzer betrachtet.

---

*) Blust ist ein treffliches Collectivum des Schweizerdeutsch und bezeichnet den ganzen Blüthenschmuck eines Baumes und anderer Pflanzen.

Das Hauptobst in Schwyz bilden die Kirschen, die dort weit hinauf, selbst in rauher Gegend gedeihen, und entweder gedörrt oder mehr noch durch Brennen zur Bereitung des beliebten „Kriesiwassers“ verwendet werden. Im Thurgau, der einem großen Obstgarten gleicht, dominiren die Birnen, aus denen Most in so großer Quantität gewonnen wird, daß dieser Canton den Namen „Mostindien“ erhalten hat, und welcher Reichthum hier aus den Obstbäumen, die doch keiner großen unausgesetzten Pflege bedürfen wie der Weinstock, dem Lande zuwächst, zeigt die statistische Notiz, daß die dortigen Obstbäume ein Capital von 44 Millionen Franken bilden und einen durchschnittlichen jährlichen Reinertrag von nahezu 2 Millionen Franken ergeben.

Mit den Kirschen beschäftigte sich im Jahre 1530 eine Landsgemeinde von Schwyz, in welcher erklärt wurde, die Kirschen seien bisher Reichen und Armen ein gemeines Obst gewesen und man lasse sie auch ein freies gemeines Obst bleiben; wolle jemand seine Kirschen wehren, der möge den Baum zeichnen und einen Dorn daran hängen. In dieser Handlung ist eine Aussonderung und Besitzergreifung zu sehen, daher heißt es weiter, wer von einem bezeichneten Baume Kirschen nähme, würde als Dieb angesehen und wer ihn als Dieb behandle oder so nenne, sei außer Verantwortung. — „Ob yemantz den andern dorum diebet oder dorum zurett, soll er im dorum nüt zu anthwurten han.“ — Jemand Dieb nennen gehörte sonst zu den „bösen Worten“ und wer den Vorwurf nicht beweisen konnte, kam in schlimme Verantwortung. — Obgleich nun die Kirschen in Schwyz ihre Eigenschaft als Gemeingut verloren haben, erhielt sich die symbolische Besitzbezeichnung; noch vor einigen Jahrzehnten war es sehr gebräuchlich, Kirschbäume oben am Stamme mit Dornen zu behängen und es kommt dies auch jetzt noch vor, obgleich die ursprüngliche Bedeutung wohl nicht mehr allgemein bekannt ist, sondern man darin eine Abwehr lüsterner Menschen sieht.

Verwandte auf die Obstbäume sich beziehende Rechtssitten finden sich auch in anderen Theilen der Schweiz und als nicht gar weit abliegend darf ich hier einen Zug erwähnen, der uns das alte Recht als auf dem Boden schöner Humanität stehend zeigt. Neben der Kirche in Affeltrangen im Thurgau war oder ist vielleicht noch ein in einem besondern Frieden stehender Kirschbaum, der „Kriesibaum" der Kinder des Dorfes und niemand rührt ihn an, bis an einem Sonntage die reifen Kirschen abgenommen uud unter sämtliche Kinder vertheilt werden. Die alte welke Frau, welche mir dies erzählte, hatte auch als rothwangiges Kind an dieser Kriesi-Bescheerung Theil genommen und wie einst als Kind, freute sie sich jetzt für die Kinder der Wiederkehr des Festtages.

In Allstätten bei Zürich war es noch in diesem Jahrhundert Gebrauch, daß der Prediger in der Kirche an einem Sonntage, wenn die Kirschen reif waren, den Kriesi-Segen sprach und sein Amen war das Signal zur Besitzergreifung, so daß die behenden Leute herausstürzten und wer dann zuerst einen Baum auf der Allmend umarmte, dem gehörte für dieses Mal dessen Frucht. Hie und da war auch zur Zeit der Obstreife ein Tag in der Weise zum Ablesen bestimmt, daß wer am Morgen früh zuerst zu einem nicht besonders zugetheilten Baum kam, dessen Früchte sich zueignen durfte, was sogar zu der Arglist führte, daß einer, der einen besonders reichen Baum ins Auge gefaßt hatte, ihn heimlich in der Nacht vorher bestieg und wie ein Vogel auf dem Zweige dort saß, um mit dem Morgengrauen, wenn der gesetzliche Zeitpunkt gekommen, herabzuspringen und Besitz zu ergreifen, denn der buchstäbliche „Besitz" während der Nachtstunden war noch kein civiler Besitz.

Aus der Zeit, in welcher Recht und Sittlichkeit weniger geschieden waren als in Folge moderner Gesetzgebung, erwähne ich noch einen schönen Zug im Rechtsleben von Schwyz. Nach einem Rathserkenntniß von 1662 soll, wenn ein Schuldner krank und in Todesgefahr liegt, also daß er mit dem heiligen Sacrament versehen wird, der Gläubiger nicht Gewalt haben, den Schuldner mit Pfand anzugreifen, bis derselbe todt ist oder aber beständige Besserung ersehen wird. Diese Bestimmung ist in dem noch giltigen Gesetze über den Schuldentrieb vom 28. November 1828 ganz ähnlich wiederholt.

Familie und Gemeinde, weil beide dabei interessirt sind, wirken zusammen gegen Verschwender durch deren Bevogtung. Diese Art der Vormundschaft ist jünger als diejenige über Wittwen und Waisen und Geisteskranke. Das Landbuch von Küßnacht (1769) bestimmt unter der

Rubrik „von liederlichen Leuten“ darüber: „Diejenigen Leute, so mit ihrem verthunlichen Leben ihre Kinder in Armuth, hiemit dero Verwandten in Kosten und Schuldigkeit dero Erhaltung setzen, sollen von Ammann und Rath bevogtet werden und jährlich an dem ersten Sonntag nach dem neuen Jahr in der Kirche verlesen und verkündet werden, auf daß jedermann wisse, daß sie bevogtet seien und sich hiemit nach Satzung bevogteter Personen verhalten könne“. Die letztere Hinweisung bedeutet, daß der Bevogtete handlungsunfähig ist und alle mit ihm ohne Einwilligung des Vormundes eingegangenen Rechtsgeschäfte ungiltig sind. Es erinnert diese in der Schweiz weit verbreitete Bevogtung an die strenge altrömische Curatel über Verschwender, denn bei den Römern war es nach dem Ausspruche eines alten Römers das größte Lob, ein guter Familienvater zu heißen, und nicht hauslich zu sein ist bei den Schweizern ein schlimmer Vorwurf; der bankerott Gewordene wird „verlumpt“ genannt. Die Leichtigkeit, mit der es zur Bevogtuug eines Verschwenders kommt, besonders im Canton Zürich, steht aber im starken Gegensatze zu der Anschauung der Engländer, ohne daß man deshalb diese für ein leichtsinniges Volk zu halten hat. Das englische Recht kennt gar keine Vormundschaft wegen Verschwendung, sondern nur, wenn für diese eine Geisteskrankheit als Grund angenommen wird. Wie die Engländer die Sache ansehen, zeigte der berühmt oder berüchtigt gewordene Windham'sche Fall. In der Schweiz würde die Familie des jungen, aber majorennen Windham, die in England vergeblich so große Anstrengungen dazu machte, dessen Bevogtung leicht durchgesetzt haben, in England fiel sie mit ihrer Klage durch und die Times sprach am Tage nach der gerichtlichen Entscheidung die englische Anschauung in einer Weise aus, die mit der schweizerischen Behandlung der Vormundschaft über Verschwender stark contrastirt. Herr Windham, sagt die Times, wird in den nächsten Jahren aller Wahrscheinlichkeit ein Bettler sein. Die Gesellschaft kann es aber nicht unternehmen die Menschen gegen die Folgen ihrer eigenen Schwächen oder Laster zu beschützen. Die Bestrafung von Verbrechen und Vergehen geschieht zur Vertheidigung der Gesellschaft selbst, aber bloße Lasterhaftigkeit muß bei erwachsenen Menschen der Nemesis anheimgegeben werden, welche das Laster unausweichlich nach sich zieht. Welches Interesse hat die gegenwärtige Gesellschaft, daß dieser verlorne Sohn der Familie W. eine gewisse Summe Geldes und eine bestimmte Anzahl Morgen Landes sein Leben lang behalte und solches gewissen bestimmten Personen bei seinem Tode hinterlasse? Laßt ihn daher dareinfahren und verschleudern, so viel er mag; sein Geld geht darum nicht unter, seine Ländereien werden von der Grafschaftskarte nicht verschwinden, vielmehr werden die Güter in den Händen eines neuen Käufers nur besser gedeihen und das Geld wird durch manche Kanäle in Hände gelangen, die vielleicht einen bessern Gebrauch davon machen werden. Das Interesse, welches die Gesellschaft hat, geht nur so weit, daß die Herrschaft über das Eigenthum in den Händen ihrer rechtmäßigen Besitzer verbleibe. Dies ist der Eckstein, auf welchem die Gesellschaft ruht und eine Schwächung dieses Grundsatzes würde unser ganzes System aus dem Geleise bringen. Aber: nemo est heres viventis! so lange ein Mensch lebt, soll er nach unseren Gesetzen und dem Geist unserer Gesetze die vollständige Verfügung über all sein Eigenthum haben. In einigen Ländern des Continents ist die Sache anders, aber nach solchen Einschränkungen der unbedingten Verfügungsfreiheit über das Eigenthum hat es uns niemals gelüstet. Allerdings ist es höchst unangenehm für die nächsten Verwandten, zusehen zu müssen, wie ein Vermögen zu Grunde gerichtet wird, das menschlicher Wahrscheinlichkeit nach an sie gekommen wäre, aber ganz dieselbe Unannehmlichkeit findet auch statt, wenn einem Neffen sein alter Onkel, auf dessen Vermögen er speculirte, noch heirathet, und demselben noch ein Sohn geboren wird oder wenn irgend ein anderes Ereigniß eintritt, durch welches die Hoffnungen des Neffen vereitelt werden. Das Gesetz kann einem Verschwender gegen sich selbst oder seinen Verwandten gegen seine Verschwendungssucht keine Hülfe gewähren, ohne schon durch den bloßen Versuch einer Definition, was als Verschwendung zu betrachten sei, die Sicherheit des Eigenthums zu verletzen. Wo könnte man aufhören, wenn man einer Jury gestatten wollte, einem Menschen sein Eigenthum zu entziehen, so oft seine präsumtiven Erben mit der Art und Weise, wie er sein Vermögen gebraucht und auch mißbraucht, nicht einverstanden wären. Das Leben würde seinen Werth verlieren, wenn es aufkommen sollte, daß ein Mann von Spionen umgeben.

alle seine dummen Streiche aufgezeichnet, seine Geschäftsführung einer Kritik unterworfen, über alle seine Gebrechen und Laster ein genaues Register geführt würde, und wenn dann dieses ganze Material, vielleicht übertrieben und mit etwas Meineid gewürzt zu einem gegebenen Momente veröffentlicht und vor die Jury gebracht werden könnte und zwar durch Personen, die das größte Interesse daran haben, den Betreffenden seines Eigenthums und seiner Freiheit zu berauben. Das kann nicht sein. Das System des römischen Rechts und die Beschränkungen der Testirfreiheit der französischen Gesetzgebung laufen allen unseren Ideen von Eigenthum und Freiheit zuwider. Sofern ein Mensch nicht blödsinnig oder wahnsinnig ist, müssen wir ihn im Besitze seines Vermögens sowol belassen, als ihm auch überlassen, dasselbe zu sparen oder zu verschleudern. Im Prinzipe unseres Rechts liegt nichts Fehlerhaftes.

Dieser englischen Consequenz gegenüber wird ein Vertheidiger der schweizerischen Bevogtung von Verschwendern geltend machen können, daß nach altschweizerischen wie altdeutschen Rechtsanschauungen das liegende Gut Familiengut war und nicht leicht aus der Familie heraus, deren Wohlstand darin ruhte, sollte veräußert werden, besonders aber wird er auf die Pflicht der Familie und der Gemeinde zur Ernährung ihrer Armen und Verarmten verweisen, da grade unter dem Einfluße dieser Rücksicht sich diese Art der Bevogtung in neuerer Zeit erst recht entwickelt hat. Allein damit läßt sich die Leichtigkeit, mit der eine solche Bevormundung zu Stande kommt, trotz gewisser Formen, durch welche die Gesetzgebung gegen ein zu rasches Verfahren schützen will, nicht rechtfertigen. Es ist sicherlich nicht ohne Grund, wenn man so oft über Mißbrauch in dieser Angelegenheit klagen hört und daß oft Familie und Gemeinde aus unlautern Motiven zusammenwirken, um die Bevogtung eines Mannes zu betreiben, der nicht hauslich zu sein scheint. Der Gemeinde ist an den Steuern gar sehr gelegen, und durch die Inventarisirung des Vermögens eines zu Bevogtenden erhalten die Gemeindebehörden die genaueste Einsicht in den Vermögensbestand, was denn auch der Familie sehr genehm ist. Aber es muß auch in die Wagschale fallen, daß die Ehre des Mannes ein Gut ist und sehr allgemein wird in der Bevogtung wegen Verschwendung eine Ehrenschmälerung gesehen, die von ihm auch auf Frau und Kinder einen Schatten wirft; es muß auch berücksichtigt werden, daß mancher Bevogtete alle Elasticität für das Leben verliert, da er nach allen Seiten hin in der freien Bewegung gehemmt und gebannt ist und vielleicht unter der Controle dessen steht, den er von Grund seines Herzens haßt. Es ist mir ein Fall aus dem Canton Zürich, wo eine solche Vormundschaft besonders häufig ist, bekannt, daß ein junger Familienvater, der schon durch seine Heirath mit seinen Verwandten in ein gespanntes Verhältniß gekommen war, drohte, wenn man ihm das Uebel der Bevogtung anthue, werde er sich das Leben nehmen und als es nun doch geschah, fand man ihn am andern Tage erhängt.

III.

Gersau, der kleinste Freistaat.

„Wenn keine kleinere Republik es gab als die von Gersau, so gab es gewiß auch keine glücklichere", sagt Riegert, ein Geschichtschreiber dieses Ländchens. In dem Kranze der lieblichen Orte am Gestade des Vierwaldstättersees, am Fuße des Rigi oder der Rigi, wie man dort sagt, als ein treue Wacht haltender Vasall der Königin der Berge (regina montium) erhebt sich Gersau auf einer kleinen eingekeilten Ebene, die der Berg von seiner Masse abgegeben hat, damit sie eine Stätte werde für Menschenwohnung zwischen der Gebirgswelt und der Wasserwelt. Der Boden Gersau's ist wohl nur der Schuttkegel von zwei herabstürzenden Waldbächen. Auf die natürlichsten Grenzen angewiesen, hat denn auch Gersau nichts begehrt als ungestörten Frieden in seinen kleinen, zum glücklichen Leben geformten Verhältnissen. Noli turbare circulos meos — „störe mir meine Freiheit nicht", das ist die Signatur der Geschichte des Freistaats Gersau gewesen.

Gersau wurde 1332 in den Bund der vier Waldstätte Uri, Schwyz, Unterwalden und Luzern aufgenommen und hatte bald Gelegenheit sich als Eidgenosse zu bewähren, als Leopold von Oesterreich es unternahm „den trotzigen Bund in gottgefälligem Kriege zu strafen". Hundert (?) Gersauer sollen an der Schlacht bei Sempach 1386 Theil genommen und das Banner von Hohenzollern erbeutet haben. Unter Leopold's Rittern war der schwarze Graf, Friedrich von Zollern, einer der Anführer der Nachhut des herzoglichen Heeres. Das Siegeszeichen wurde in der Kirche von Gersau aufbewahrt, ist aber jetzt nicht mehr vorhanden. Man erzählt, daß ein in Gersau angesiedelter Färber aus Baiern, Hertel, der Kirchenvogt geworden, das Banner beseitigt und wieder nach Deutschland befördert habe (1732).

Gersau hatte nun zwar bei Sempach die Bluttaufe als Eidgenoß empfangen, war aber damit nicht unabhängig von aller Herrschaft, sondern die Einwohner blieben den Edlen von Moos pflichtig. Wie es im Mittelalter nicht ungewöhnlich war bei der oft eintretenden Geldverlegenheit der großen und kleinen Herren, konnten die von Moos ihre Rechte verkaufen und verpfänden und Gersau's Freiheitssinn, wiewohl er sich nach außen gegen den Feind der Eidgenossenschaft geltend gemacht hatte, trug doch die Fessel der Abhängigkeit. In rührender Weise entledigten sie sich derselben. Riegert meldet: „Nachdem sie zehn Jahre gespart und sich durch Abbruch an ihrem Munde und strengeres Arbeiten jeder ein Stück Geldes erhauset hatte, so legten sie es brüderlich zusammen und kauften im Jahr 1390 von den Edlen Peter, Johann und Agnese von Moos, deren Vater Schultheiß zu Luzern gewesen und bei Sempach den Heldentod fürs Vaterland gestorben war, die hohen und niederen Gerichte, Twing und Bann, Grundzinse und Zehnten um die Summe von 690 Pfund Pfenninge, welche das Pfund à 5 Gulden 3450 rheinische Gulden ausmacht". Wenn man diese Summe nach dem damaligen Werthe des Geldes schätzt, so war sie sehr bedeutend, aber die Gersauer wußten, daß die Freiheit nie zu theuer ist.

Es wäre sehr verkehrt, wenn man sich die Freiheitskämpfe der alten Eidgenossen als auskehrende Revolutionen dächte. Die Urkunde des ältesten Bündnisses der drei Waldstätte 1291 beginnt: „Jedem sei zu wissen, daß die Männer des Thales Uri, die Gemeinde von Schwyz, wie auch die der Männer im Gebirge von Unterwalden in Erwägung der bösen Zeiten sich wohlvertrauenlich verbunden und geschworen haben, mit aller Macht und Anstrengung an Gut und Leuten einander in und außer den Thälern auf eigene Kosten auf und wider alle die zu helfen, welche ihnen oder einem von ihnen Gewalt anthun möchten: das ist ihr alter Bund". Aber unmittelbar auf diese feste Erklärung folgt der Satz: „Wer einen Herrn hat, gehorche ihm pflichtgemäß". So wenig sie aufhören wollten sich als Glieder und Stände des römischen Reiches deutscher Nation zu betrachten, im Gegentheil ganz unmittelbar dem Kaiser und dem Reiche sich unterordneten, so wenig kam es ihnen in den Sinn, die in den lehnsrechtlichen Verhältnissen liegenden und von ihnen als wohlerworben angesehenen Rechte zu negiren; neben dem Freiheitssinn blieb der Gerechtigkeitssinn und Johannes von Müller sagt daher: „Die rhätischen wie die schweizerischen Bünde haben keinen Menschen im Besitz auch der sonderbarsten Befugnisse gestört". Mit dem

Schwerte in der Hand traten sie der Gewalt entgegen für ihre politische Sebstständigkeit, die Fesseln der Hörigkeit lösten sie durch Geld, das sie mit schwerer Arbeit verdienen mußten. So handelten die Hünenberger in Zug und so die Gersauer im Jahr 1390.

Als nun Gersau in vollkommener Freiheit dastand und keinen Herrn zwischen sich und dem Kaiser anzuerkennen hatte, benutzte es die Anwesenheit Kaiser Sigismund's, der nach seiner Krönung in Rom 1431 wieder in die Schweiz gekommen war und von Luzern aus den See befuhr, um die Bestätigung seiner Freiheiten und Rechte zu bitten. Die Bestätigungsurkunde oder Handfeste, im Original mit dem großen kaiserlichen Sigill versehen, datirt Basel 1433, befindet sich noch im Archiv von Gersau. Eine solche Bestätigung erschien vornemlich nöthig des Blutbannes wegen, den nur der Kaiser verleihen konnte und Gersau hatte fortan das Recht einen Galgen zu besitzen. Wie man überhaupt in der Schweiz für die Galgen stets die schönsten Punkte auswählte, so thaten es auch die Gersauer. Sie zeigten sich aber bei der Wahl des Orts zugleich als Landleute und Seeleute. Zwei der mächtigen steinernen Säulen standen auf dem Lande, eine im See, so daß der Gehängte nicht bloß zwischen Himmel und Erde schwebte, sondern auch die grüne Fluth den Galgen bespülte. Die drei Säulenfüße sind noch deutlich zu sehen. Den größeren Nachbarn, die überhaupt geneigt waren Gersau mit seiner souveränen Kleinheit zu necken, mochte es als ein Sichwichtigmachen erscheinen, daß Gersau dieses Symbol der hohen

Gerichtsbarkeit so in die Welt hinausscheinen ließ und es veranlaßte dies in der zweiten Hälfte des vorigen Jahrhunderts einen Handel mit den übermüthigen Luzernern, der bald zu einem Casus belli geworden wäre. Schiffleute von Luzern stiegen einst zur Nachtzeit in Gersau ans Land und hingen einen Strohmann an den seit lange in Unthätigkeit stehenden Galgen; aber die Gersauer, welche den Thätern bald auf die Spur kamen, säumten nicht, den Strohmann in die Standesfarben der Luzerner, blau und weiß, zu kleiden. Das ergab denn eine regelrechte diplomatische Fehde, die dadurch beendigt wurde, daß die Gersauer der Figur die Kleidung abnehmen, die Luzerner den Strohmann vom Galgen herunterlangen mußten.

Die Reibungen der Gersauer und Luzerner datiren von früher Zeit her. Den Letzteren erschien Gersau wie ein übermüthiger Staat im kleinsten Taschenformat und der Luzerner Diebold Schilling spöttelt in seiner Chronik über die Gersauer „so sich selber für die freiesten Eidgenossen ausgeben, keinem Ort zu versprechen stehn (d. i. unter keiner Schirmgewalt stehen), auch eigen Stock und Galgen haben und sind doch über zwanzig Häuser und Feuerstätte nicht".

Gersau hielt treu zur Eidgenossenschaft, half zum Siege über die Züricher in der Schlacht bei Cappel 1531, schickte eine Compagnie von 75 Mann zu Schiff nach Luzern, als dieses 1653 im Bauernkriege bedroht war, nahm Theil an den spätern Religionskriegen, waffnete sich am Ende des vorigen Jahrhunderts gegen die Franzosen mit aller kriegsfähigen Mannschaft von 16—60 Jahren und verlor mit den Brüdern die Freiheit, bis es sich 1814 wieder als Freistaat constituiren konnte. Da hatte es aber noch einmal einen, wenn auch nicht blutigen Kampf um seine Selbstherrlichkeit mit dem nächsten Nachbarn, Schwyz, zu bestehen und wurde trotz der zähen Abwehr im Jahr 1818 als Bezirk dem Canton Schwyz einverleibt, mit der Ehre freilich, unter den sieben Bezirken des Cantons den Rang nach dem alten Lande Schwyz einzunehmen. Das Gefühl aber, im Rückblick auf seine jahrhundertlange Selbstständigkeit, durch seine natürliche Lage eine besondere Existenz zu haben, hat die Gersauer nicht verlassen.

In einer ausgezeichneten Monographie ist kürzlich die Geschichte des merkwürdigen Freistaats bearbeitet worden vom Regierungsrath Damian Camenzind „Geschichte der Republik Gersau, nach den Quellen der Archive". (Band 19 des Geschichtsfreundes, Einsiedeln 1863; auch besonders abgedruckt.)

Um Land und Leute noch näher kennen zu lernen, begab ich mich im letzten Sommer nach Gersau und es wurde mir dort bald so heimelig, daß ich mich rasch losreißen mußte, um nicht die mir durch weitere Reisezwecke zugemessene Zeit zu sehr zu überschreiten. Der gemüthliche Charakter der „Pension Müller", der anregende Verkehr mit dem genannten Historiker, der genußreiche Wechsel von Bewegung und Ruhe in schönster Sommerzeit fesselten mich von Tag zu Tag. Gersau ist die Uferstation für den ungemein beliebten Kurort Rigi-Scheideck und die dort landenden Dampfer bringen ein reges Leben. Wollte ich Ruhe, so begab ich mich aufwärts, rechts von der Kirche, zu einer beschatteten Bank, um über den blanken See bis zum Pilatus hin das Auge streifen zu lassen und wenn es dunkelte und das letzte Geläute der volltönigen Kirchenglocke dem Tage einen Scheidegruß nachsandte und die Menschen zur Nachtruhe weihte, dann setzte ich mich an's Ufer, um die bald nur als schwarze Formen langsam treibenden Fischerbote zu schauen oder dem muntern Jodler zu lauschen, der unbekümmert um die ihm grollenden Fischer im raschen Schiffli den See kreuzte. Aus dem bewaldeten Abhange des jenseitigen Ufers blickten hie und da goldene Augen und weiter rechts verrieth ein hellerer Lichtschein das langgestreckte Beckenried. An einem Abend spielte über dem Spießberge, an dessen Fuße Beckenried liegt, und nach Luzern hin ein Gewitter, während über dem Gersauer Stock und Rigi-Scheideck die Sterne glänzten, der See wurde unruhig und die Brandung versetzte mich an den fernen heimatlichen Ostseestrand.

Das ganze Gebiet des Fleckens Gersau mit der dazu gehörigen Landschaft umfaßt nur eine Viertelmeile; die Bewohnerzahl beträgt nach der neuesten Zählung 1725, die der Wohnungen 231. Manche dieser Wohnungen liegen versteckt an den Höhen der waldbekränzten Gebirgsstöcke, der Hochfluh und des Gersauerstocks, welche den Flecken einschließen. Obgleich Gersau von Lavinen nicht eben bedroht wird, führt doch eine von der höchsten Höhe des Gersauerstocks bis an den See reichende Rinne den Namen „Todtenlauizug“. Damit hat es folgende Bewandniß. Hoch zu oben liegen noch einige Heimwesen, deren Communication mit dem Flecken schon für Fußgänger sehr schwierig ist und wenn dort ein Todesfall eintritt, so wird der „Todtenbaum" (eine gewöhnliche Bezeichnung für Sarg in der Schweiz) auf neben einander befestigte Tannenstämme gelegt und in der langen Rinne bis an den See herabgesenkt, wo ein Nauen (großes Flachboot) den Todtenbaum und die Leidtragenden aufnimmt, um sie bis an den Kirchhof zu fahren. Kinderleichen werden auf dem Rücken herabgetragen.

Außer der schönen Pfarrkirche im Flecken hat Gersau eine merkwürdige Kapelle, eine Viertelstunde von der Kirche entfernt, auf einer kleinen Erhöhung unmittelbar am See. Bei stürmischer Nachtzeit brennt in der Kapelle eine Lampe, deren Licht weithin gesehen werden kann und den Schiffern, die einen Hafen nicht erreicht haben, die Richtung angiebt, welche sie einhalten müssen. Die Schiffer bekreuzen sich, denn der Ort, von wo der Lichtschein kommt, hat eine schauerliche Geschichte, die jeder kennt, die aber in solchen Augenblicken lebhafter vergegenwärtigt wird.

Aus Urkunden weiß man, daß Anton Murrer und dessen Sohn Hans im Jahr 1570 das „Käppeli zum Kindli" bauten und daß, als eine Vergrößerung nöthig geworden war, der constanzer Suffragan Geist am 14. October 1721 die Kapelle samt dem Hochaltare zu Ehren von Maria Hilf einweihte. Jetzt wird die Kapelle allgemein mit „Kindlimord" bezeichnet und dadurch die Geschichte angedeutet, welche auf einem unzweifelhaft historischen Factum ruhend zu einer mit mancherlei späteren Zusätzen verzierten

Sage sich gestaltet hat. In der Kapelle findet sich ein Bild der verbrecherischen That mit der Unterschrift:

„In dieser einsamen Gegend hat nach uralter Sage ein Spilmann seine kleine unschuldige Tochter aus teuflischer Bosheit gemordet. Von der Treib her fuhr er mit dem Kind über den See; es bat ihn um Brod. Er landet an, nimmt es bei den Füßen und schlägt es so lang um die Felsen bis sein zartes Haupt zerschmettert ist. Gottes Rache führte den Mörder auf die Henkerbühne. Zum ewigen Andenken ward zuerst eine kleine, später diese größere Kapelle zur Ehre Mariens gebaut. 1814“.

Nahe vor dem Hügel, auf welchem die Kapelle steht, nach Gersau zu, liegt ein großer Felsblock, an welchem die Unthat geschehen sein soll. Ein großes Kreuz steht davor. Nach der Sage verlor der Mörder seinen blutigen Schuh, als er in's Gebirge flüchtete. Davon soll eine kleine Berggegend mit mehreren malerisch gelegenen Häusern auf dem Wege von Gersau nach Fiznau den Namen „zum rothen Schuh“ führen. Weiter erzählt die Sage, daß, als der Verbrecher in fernen Landen Kriegsdienst genommen, einst beim Wachtfeuer das Thema behandelt sei, daß doch die Sonne alles an den Tag bringe; da habe jener geprahlt, er habe doch etwas gethan, das niemand wisse und dadurch sei er verdächtig geworden und endlich für seine Unthat zur Rechenschaft gezogen. Eine andere sehr künstliche Zuthat zur Sage ist die Unterredung zwischen dem Spielmanne und seinem Kinde auf der Ueberfahrt. Der rohe Mann fragte das Kind: Was ist süßer als Honig? Das Kind antwortete: Mutterbrust. Was ist härter als Stein? Vaterherz. Ueber diese Antwort erzürnt habe der unnatürliche Vater das Kind ergriffen und ihm den Schädel am Felsen zerschmettert.

Die Kapelle zum Kindlimord ist mit hohen Föhren umgeben, auch steht daneben ein großer Nußbaum. Unter diesem Baume ist die einige Fuß hohe steinerne Basis für eine Kanzel gemauert und terrassenförmig liegen umher Steine zum Sitzen für ein andächtiges Publikum. Viermal nämlich im Jahre wird hier Gottesdienst im Freien gehalten. Es war mir vergönnt, einer solchen Feier am Tage von Mariä Himmelfahrt beizuwohnen. Der Pfarrer von Gersau bestieg gleich nach Mittag mit der Jugend seiner Gemeinde einen sehr großen Nauen um zum Kindlimord zu fahren, viele Böte von Gersau und der Nachbarschaft ruderten demselben Ziele zu, Fußgänger in großer Zahl bewegten sich an dem bewaldeten Abhange von Gersau her und von den Höhen herab. Es war dies bei dem herrlichsten Wetter ein malerischer Zug und die Predigt des würdigen Pfarrers über die vollkommene und die unvollkommene Ruhe sehr passend zu der Landschaft. Durch die Bäume hindurch blickte man auf den spiegelglatten, jetzt in vollkommener sonniger Ruhe zwischen den grünen Ufern hingestreckten See, doch wie ganz anders, wenn

„der Sturm ist Meister, Wind und Welle spielen
Ball mit dem Menschen, denn wenn der Sturm
In dieser Wasserkluft sich erst verfangen,
Dann rast er um sich mit des Raubthiers Angst,

Das an des Gitters Eisenstäbe schlägt!
Die Pforte sucht er heulend sich vergebens:
Denn ringsum schränken ihn die Felsen ein,
Die himmelhoch den engen Paß vermauern".

In Gerichtsacten oder sonstigen Urkunden ist über jenen Mord des Kindes durch den Vater nichts verzeichnet, vielleicht ist man aber berechtigt anzunehmen, daß die in dem Nebel uralter Sage sich verlierende That dem sechszehnten Jahrhundert angehöre, da die erste kleine Kapelle unzweifelhaft zur Sühne im Jahre 1570 erbaut wurde. Ueber einen andern interessanten Criminalfall aus demselben Jahrhundert existirt dagegen eine Urkunde, welche das gerichtliche Verfahren jener Zeit veranschaulicht.

Ulrich Küchler wurde von Johann Camenzind mit einem „Bymässer" erstochen. Die Verwandschaft des Getödteten ruft das Landgericht an. Da die Obrigkeit wegen der beidseitigen Verwandtschaft es nicht wagte, einzig über die Sache abzusprechen, so baten die Landleute die vier Waldstätte, Rathsboten zu diesem Landgericht zu senden. Sie schickten 7 Boten. Vor diesen und dem Ammann, dem Richter eines ganzen Landgerichts, erschienen, als er an offener freier Reichsstraße zn Gersau zu Gericht gesessen und nach löblicher Gewohnheit und altem Herkommen ein offenes freies Landgericht gehalten, des Getödteten Mutter, zwei Schwestern und die Verwandschaft und ließen durch einen mit Recht erlaubten Fürsprech klagen, wie Johann Camenzind ihren Sohn, Bruder und Freund wider alles Recht bei Nacht und Nebel mit einem Beimesser, welches doch ein unziemliches und einem Biedermann unangemessenes Gewehr sei, vom Leben zum Tode gebracht, wiewohl er ein anderes Gewehr bei sich gehabt, daher sie das Recht anrufen. Der Fürsprech der Verwandschaft des Angeklagten stellt den Fall als Nothwehr dar. Nach nochmaligem Vortrage der beiden Parteien wurde erkannt, daß die Zeugen abgehört werden sollten. Sodann wurde nach gehaltener Umfrage beschlossen, daß man drei Straßen durch den Gerichtsring mache und den Angeklagten drei Mal rufe. Da der Gerufene nicht erschien, wurde der Gerichtsring wieder geschlossen und zu Recht erkannt, daß das Landgericht verbannt und versichert werden solle, daß die Richter, welche das Urtheil fällen würden, von niemandem deshalb befehdet und gehaßt und das Gericht geschirmt werden solle. Auf des Richters Umfrage fällten die Rechtsboten und das Landgericht folgendes Urtheil: da Johann Camenzind auf die drei Rufe nicht erschienen, wiewohl ihm doch das Landgericht zu Haus und Heim verkündet worden, so soll er sich wegen dem Todschlag, den er an Ulrich Küchler begangen, nie mehr verantworten können, des Todschlags wegen soll er stets erblos (— vielmehr „êlos" —) und rechtlos sein in Marchen und Zielen der Landschaft Gersau und als ein Todschläger verrufen werden; der Verwandtschaft des Getödteten, die ihn mit Recht zu rächen hat, soll erlaubt sein, gegen den Leib des Johann Camenzind, wo sie ihn in der Landschaft Gersau betreten, nach Gefallen zu handeln; das sämtliche Gut desselben, nach Abzug der Gerichtskosten, verfällt der Obrigkeit, außerdem soll nach dem Gutdünken derer von Gersau zu

Trost und Hilf des Umgebrachten etwas nachgethan (Seelenmessen gehalten) werden; niemand soll den Thäter hausen oder speisen unter Strafe der Mitschuld.

Die Oeffentlichkeit des Gerichtsverfahrens ist hier mit der allgemeinen Formel „an offener freier Reichsstraße" ausgedrückt, obgleich durch das Gebiet von Gersau in Wirklichkeit eine Reichsstraße nicht ging. Die Verstärkung des Landgerichts durch 7 Boten der Waldstätte geschah aus Vorsicht, wahrscheinlich weil der Getödtete in den Waldstätten Verwandtschaft hatte, deren Blutrache und Fehde dadurch zurückgedrängt werden sollte; daß die Gersauer als Eidgenossen allgemein gehalten gewesen seien, zu ihrem Landgericht Rechtsboten aus den Waldstätten zuzuziehen, ist durchaus nicht anzunehmen. Der Angeklagte wurde in allgemein üblicher Weise, nachdem ihm zuvor das Landgericht zu Haus und Heim verkündet worden, gerufen. Eigentlich sollte der Ruf an drei auf einander folgenden Landtagen geschehen, aber allgemein kam man im spätern Mittelalter zu der Abkürzung des dreimaligen Rufes an einem Landtage. Die alte Gestalt der Gerichtssitzung war rund und ringförmig und auch wo man davon abwich, erhielt sich die Bezeichnung Ring und Ding oder, wie in der obigen Relation, Gerichtsring. Auch wenn man wußte, wo sich der flüchtige Todschläger aufhielt, wurde der Ring an drei Orten aufgethan und ihm die Möglichkeit gegeben auf den drei Wegen ins Gericht zu kommen. Daß der Ruf nicht nach den vier Weltgegenden geschah, erklärt sich daraus, daß durch ein Aufthun des Ringes nach allen vier Seiten hin der Ring gänzlich aufgelöst worden wäre. Da der in rechter Weise Gerufene nicht erschien, so wurde der Ring wieder geschlossen und das Gericht feierlich durch den Richter, dessen nothwendiges Attribut der Gewalt das Schwert war, gebannt. Die Parteiverhandlung drehte sich im obigen Falle um die Frage, ob es eine ehrliche oder unehrliche Tödtung gewesen. Das Letztere behauptete die anklagende Freundschaft des Getödteten und berief sich auf das Tödtungsinstrument, das keine ehrliche Waffe sei, zumal da Johann Camenzind ein anderes Gewehr (einen Degen) getragen habe. Als der Angeklagte nicht erschien, mußte die Verrufung (Acht) desselben erfolgen, durch welche hindurch wir den Hintergrund der Blutrache sehen: der Familie des Getödteten, die ihn zu rächen (wie zu erben) hatten, wurde, wie sonst die Formel lautet, des Todschlägers „Leib ertheilt". Er wurde auch allgemein friedlos gelegt, so daß niemand ihm ein Obdach geben (hausen und hofen), niemand ihm Speise und Trank geben sollte.

Als eine erst in neuester Zeit verschwundene Eigenthümlichkeit Gersau's hatte ich oft nennen gehört die Bettler- oder Gaunerkirchweih und ich benutzte meinen dortigen Aufenthalt darüber Genaueres zu erfahren. Was zuerst den Namen betrifft, so hat man in Gersau nie Gaunerkilbi gesagt, sondern der offizielle Name ist Feckerkilbi d. i. Kirchweih der Vagabunden oder fahrenden Leute. Ueber dieses seltsame Fest gab mir mein freundlicher Berichterstatter folgende Auskunft.

Die Feckerkilbi wurde an der gewöhnlichen Kirchweih,

seit 1722 am ersten Sonntag nach der Auffahrt Christi abgehalten. Von nah und fern fanden sich Vagabunden aller Art mit Weib und Kind, 100 bis 200 an der Zahl, in Gersau ein. Gewöhnlich langten sie schon an Freitag oder Samstag an, nahmen in den Ställen der umliegenden Bauernhöfe ihr Nachtquartier oder campirten im Freien. Ein reges munteres Leben entfaltete sich sofort. In malerischen Gruppen lagerten sich Jung und Alt, Männer und Weiber bunt gemischt auf dem grünen Teppich der Wiesen unter schattigen Bäumen oder auf weichem Moose unter Gesträuch. Da wurde gekocht, gewaschen, geflickt, gescherzt, gelacht und allerlei Muthwill getrieben, zum großen Ergötzen der schaulustigen Jugend Gersau's.

Am Kirchweihsonntag, nach dem vormittägigen feierlichen Gottesdienste zog sodann die ganze Feckerschaar, die Weiber mit kleinen Kindern auf dem Rücken, möglichst armselig gekleidet, unter der Aufsicht eines vom Rathe hiezu bestellten Bettelvogts von Haus zu Haus im Dorfe herum, Almosen zu sammeln, welche ihnen von den Häusern zugeworfen wurden. Nach diesem Umzuge entfaltete sich ein anderes Bild. Die Fecker kehrten in ihr Hauptquartier zurück, wechselten die Kleider, um möglichst aufgeputzt zu erscheinen und nun begannen auch für sie die allgemeinen Kilbefreuden. Jung und Alt lagerte sich im Kreise, es wird gesotten, gebraten und „gekücchelt", die braune Zigeuneralte mit dem orientalischen Kopfputz fungirt als Oberköchin. Zum Zeichen des Ueberflußes werden die Zweige von den Gesträuchen in die „Knöchli-Pfanne" heruntergebogen, um die daran hängenden Blätter als neugebackene „Knöchli“ zurückschnellen und als nagelneue Früchte von der neugierigen Jugend pflücken zu lassen. Die seltsame Sitte scheint bei den Vaganten allgemein gewesen zu sein, denn von der „Bettlerküche“ an der Grenze von Bern und Solothurn, zwischen Farnern und Rumisberg, wird dasselbe erzählt. Diese Bettlerküche ist ein Platz mit einigen Holundersträuchen, von einem großen Felsen bedacht und wurde bis zur Neuzeit zum Rendez-vous der fahrenden Leute fleißig benutzt.

Am Montag ist Jahrmarkt. Da kommen auch die Fecker, um ihre Einkäufe zu machen und sie sind nicht die schlechtesten Käufer. Alsdann geht es zum Tanze, gewöhnlich in einer großen Scheuer. Im hochzeitlichen Kleide, mit Sträuschen geschmückt, ziehen die kräftigen, fröhlichen Burschen mit den feurigen, braunen Mädels und die jungen Paare, welche kürzlich in eine „Civilehe mit natürlicher Hinneigung“ getreten sind, zum Feste. Freudig schmunzelt der Wirth bei der Ankunft dieser Gäste, die heute Geld in Hülle und Fülle haben und bereit sind, auch den letzten Heller in Saus und Braus zu verzehren. Ein von ihnen erwählter Altvater hält die Ordnung aufrecht und höchst selten giebt es Streitigkeit.

Am Dinstag mußten die Fecker das Land wieder verlassen, sonst wurden sie polizeilich fortgeführt. Aber solche Eventualität warteten diese Weltbürger nicht ab.

Den Ursprung der Feckerkilbi kennt niemand, sie war eben eine althergebrachte Sitte, um welche sich die Obrigkeit nicht weiter kümmerte, als daß sie unter besonderen Verhältnissen besondere Verfügungen traf, die als Ausnahmen angesehen werden müssen. Daher kommt es denn auch, daß sich über diese eigenthümliche Sitte, an die man sich in Gersau ganz gewöhnt hatte, wenig aufgezeichnet findet. Einige polizeiliche Anordnungen, die in den älteren Protokollen erhalten sind, verdienen kaum eine Erwähnung und scheinen eine sehr geringe nachhaltige Wirkung gehabt zu haben. In den 1830er Jahren, als man in der Schweiz anfing das Polizeiwesen strenger zu handhaben und namentlich die Heimatlosen mehr ins Auge faßte, wurde gegen die Feckerkilbi eingeschritten, indeß erschienen bis in die 40er Jahre noch einzelne Paare solcher Landfahrer, um an der allgemeinen Kirchweih Theil zu nehmen und des entrückten goldenen Zeitalters zu gedenken.

Es liegt sehr nahe, das Institut der Feckerkilbi mit dem Asylrecht in Verbindung zu bringen. In einem Wirthshause zu Gersau war früher eine besondere Freibank; wer dahin flüchtete, genoß zeitweilig Schutz vor seinen Feinden wie vor der Obrigkeit und wie die Fecker drei Tage in Gersau verweilen durften, so ist in den Berichten über die zahllosen kirchlichen und ähnlichen Freistätten des Mittelalters häufig eine dreitägige Frist genannt. Allein die Begründung der Feckerkilbi aus dem Asylrecht läßt sich doch nicht durchführen. Auf die drei Tage kann nicht viel Gewicht gelegt werden und solcher Freibänke gab es überhaupt viele, auch in nächster Nähe, wie auf der Treib und in Brunnen beim Adler. Es wird erzählt, daß

Joh. Georg Ortolf, Conventual in Engelberg, von 1594—1596 und wiederum von 1617—1626 Pfarrer auf Morschach an der Frohnalp, der wegen Entführung einer Nonne aus dem Frauenkloster in Engelberg der Justiz in die Hände gefallen war, in Brunnen seiner polizeilichen Begleitung entrann, sich beim Adler an die Freibank flüchtete und dadurch rettete. Die Feckerkilbi war vielmehr ein stillschweigend gemachtes Compromiß zwischen Gersau und der Masse der Vagabunden, welche die Schweiz durchschwärmten und hier leicht Schlupfwinkel finden konnten. Gersau war kein polizeistarker Staat und in seiner abgeschiedenen Lage konnten ihm jene Kinder der Nacht sehr gefährlich werden. Dadurch mag dieses Zugeständniß der dreitägigen Kilbi entstanden sein und die Fecker waren nicht undankbar und zeigten sich des geschenkten Vertrauens nicht unwürdig. Wiewohl allerlei Gesindel und Verbrecher unter ihnen waren, blieb das Eigenthum der Bürger zur Zeit der Kilbi ungefährdet und während der übrigen Zeit des Jahres mieden sie Gersau. Sehr deutlich zeigten die Fecker, daß ihnen diese Festtage der Kirchweih Ehrentage waren und mit einer gewissen Ostentation bemühten sie sich dann als wahre Gentlemen zu erscheinen.

In früherer Zeit hatten die Nachbarn Gersau's, besonders die Luzerner, die üble Gewohnheit, Gersau als das schweizerische Schilda oder Schöppenstedt anzusehen und noch jetzt hört man von „Gersauer-Stückli“ sprechen, wie in Baiern die nachbarliche Freundschaft sich mit „Weilheimer Stückl“ belustigt. Schon der Chronist Diebold Schilling gebraucht diesen Namen und will damit die Gersauer als Böoter, aber mit einer guten Portion Bauernschlauheit versehen, charakterisiren. Besonders bekannt ist folgendes Gersauer=Stückli. Die Gersauer wollten einmal einen Dieb hängen und da der Weg zum Galgen an dem Bergabhange sehr beschwerlich ist oder vielmehr kein Landweg dahin existirt, wollte man nach früherer Gewohnheit die Gelegenheit des Wassers benutzen und ein großer Nauen war zugerüstet, um Menschen und Apparat bis an den Fuß des Galgens zu fahren. Als nun auch die Hauptperson, der arme Sünder, einsteigen sollte, erklärte er, eine unüberwindliche Abneigung gegen das Wasser zu haben, ja geradezu wasserscheu zu sein, man möge ihn doch den Landweg gehen lassen, der zwar schwierig sei, aber der Weg zum Himmel sei es ja auch. Die gutmüthigen Gersauer wollten den armen Menschen nicht einen doppelten Tod erleiden lassen, daher beschloß man, für das übrige Personal sich zwar des Nauens zu bedienen, den Delinquenten aber den Landweg gehen zu lassen, jedoch ihm eine Glocke umzuhängen, damit man vom Schiffe aus hören könne, ob er sich auch auf dem rechten Wege zu seinem Ziele befinde. Deutlich hörte man nun fortwährend die Glocke, als aber der Nauen bei dem Galgen ankam, sah man einen großen schwarzen Ziegenbock mit der Glocke behangen herankommen. Das konnte nur Teufelswerk sein und der Ziegenbock wurde am Galgen aufgeknüpft. Die spöttischen Nachbarn meinten aber, der Delinquent habe in dem Gebüsch des Bergabhanges einen wirklichen Ziegenbock angetroffen, diesem die Glocke umgehängt und sei selbst bergauf geeilt.

Die Gersauer wissen übrigens recht gut darauf zu antworten, wenn ihnen ihre „Stückli" vorgehalten werden. Vor mehreren Jahren saß der Landammann B., ein ungemein großer starker Mann, in einem Wirthshause in Luzern gemüthlich beim Schoppen und ließ sich auch in seiner Ruhe nicht stören, als ein übermüthiger Luzerner anfing Gersauer-Stückli auszukramen. Nachdem der Vorrath ausgegangen war, fragte B., ob er nicht mehr Stückli wisse. Als der Erzähler erklärte, er sei damit zu Ende, sagte B.: „Aber ich weiß noch eins", stand auf, und versetzte dem Luzerner eine kolossale Ohrfeige, daß dieser unter den Tisch rollte.

Auf dem Wege von Gersau nach Rigi-Scheldeck kommt man in eine Gegend, die das obere Gschwänd heißt. Es ist dort eine Kapelle und die Matten umher tragen die sonderbaren Namen Grüselboden, Burggeist und Hasenbühl. In der Alphütte des obern Gschwänds sommerte gegen das Ende des sechszehnten Jahrhunderts der reiche, aber hartherzige Senn Klaus, der die Heirat seiner einzigen Tochter mit dem hübschen, aber armen Florentin durchaus nicht zugeben wollte. Da wurden ihm in der Nacht vor dem Jacobstage 60 Stück Vieh getödtet und ein Jahr darauf in derselben Nacht 24 Stück. Um die Hütte hatte man Männer wandeln sehen, die hinauf bis in die Wolken reichten, mit feuerrollenden Augen, die so groß waren wie ein centnerschwerer Käse. Sie hinterließen einen solchen Schwefeldampf, daß Klaus davon erlahmte. Da entdeckte Florentin an der Stelle, wo er oft von dem Mädchen heimlichen Abschied hatte nehmen müssen, auf dem Schneeälpeli, eine Mineralquelle, trug den jammernden Klaus hinauf und als der Alte in kurzer Zeit genesen war, gab dieser sein Kind dem Retter zur Frau. Die jungen glücklichen Leute bauten nun droben ein Haus, das sie zur Erinnerung an ihre früher hoffnungslose Liebe „Scheideck" nannten.

Mit dieser Sage wird die Aelplerkilbi der Gersauer in Verbindung gebracht. Als sich die Sennen in eine Bruderschaft zusammengethan hatten, erbauten sie im Gschwänd zwei Kapellen und in und bei der obersten Kapelle auf dem Käppeliberge feiern sie alljährlich am St. Jacobstage ihr Bruderschaftsfest mit Gottesdienst, ländlichen Spielen, Schwingen, Steinstoßen und Tanz. Zugführer sind die Wildlüti, zwei große Männer in Tannenrinde gekleidet, mit grotesken Bartmasken, junge Tannen mitsamt den Wurzeln auf den Achseln tragend und dabei allerlei Sprünge machend. Diese Wildleute bedeuten nach der Meinung des sagenkundigen Rochholz*) die riesenmäßigen Ureinwohner der Hochalpen, welche von der Alpenwirthschaft lebten, aber von den Sennen, wie die Rothhäute Amerika's von den Pionieren, aus ihrem ursprünglichen Besitzstande vertrieben wurden. Aus Rache dafür erregen sie die gräulichen Hochgewitter, in denen sie Verderben bringend aus ihren Bergklüften herabkommen, wie

*) Naturmythen (1862) S. 15.

es auch der Klaus erfuhr. Um sich gegen die verheerende Gewalt dieser Berggeister zu schützen, hätten dann die Sennen oben in den Alpen, oft hart am Rande von Firn und Gletscher, zahlreiche Bergkapellen gebaut; zum Andenken aber an ihre so gebändigten Widersacher lassen sie die Wildlüti an der Aelperkilbi auftreten und Possenspiel treiben. Andere Alterthumsforscher sehen in den Wildlüti die alten Bergmännchen, welche in Volkssagen als Freunde der Sennen in den guten alten Zeiten mit ihnen im traulichen Verkehr lebten.

IV.

Der Seelisberg und das Isenthal.

Wem in knapp zugemessener Reisezeit es nur vergönnt ist, nach der Besteigung des Rigi eine Fahrt den Vierwaldstättersee entlang zu machen, die zackigen Mythen zu schauen, den Uri-Rothstock und den Bristenstock anzustaunen, sich den Anblick der Tellsplatte am Fuße des großen Axen zur einen, des Rütli zur andern Seite nicht entgehen zu lassen, der wird mit Wehmuth scheiden von der Wiege der freien Schweiz und wenn er daheim nun Schillers Tell wieder in die Hand nimmt, so wird sein Entzücken wechseln mit der Verwunderung, wie der Dichter ohne eigene Anschauung so treu das Oertliche und den Charakter dieser Gebirgswelt habe schildern können und daß ihm nur der kleine Fehler vorgeworfen werden kann, Surénnen statt

Surenen gesagt zu haben. Wen die Zeit nicht drängt und wer nach Eisenbahnhast und Rigigetümmel einige Tage ausruhen möchte im stillen Frieden und von hoher Warte die ganze herrliche Gegend überschauen, der gehe auf den Seelisberg, eine Stätte am buchtigen See, die zwar von näher Wohnenden seit lange gesucht wurde, um sich an dem Lebensbalsam der reinen Bergluft zu kräftigen, von Tausenden der Vorüberfahrenden aber nicht beachtet ist.

So durfte man noch vor einigen Jahren sagen, aber jetzt ist es anders. Für den Wirth des dortigen Kurhauses ist zwar das goldene Zeitalter erschienen, für diejenigen, welche den Seelisberg in früherer Zeit lieb gewonnen haben, das eiserne. Der Seelisberg als Curort hat drei Epochen. Zuerst die Zeit wo das alte echtschweizerische wettergebräunte, an die bewaldete Bergwand geklebte Haus, „das comfortable Felsennest ob dem Urnersee", das jetzt durch den Neubau in den Schatten gesetzt ist, nur eine kleine Zahl von Gästen beherrbergen konnte, aber diese durch einen unsichtbaren Spiritus familiaris gar bald in eine Familiengemeinschaft brachte. Wenn die Excursionen des Tages beendet waren und ein frugales schmackhaftes Nachtessen eingenommen war, erfreute noch Papa Aschwanden, der alte Wirth, in dem niedrigen braungetäfelten Speisezimmer seine Gäste durch Erzählungen, besonders vom kirchenhistorischen Gebiete. Die Anziehungskraft des Seelisbergs machte aber einen Neubau nothwendig und dieser mußte 1861 vergrößert werden. Die Stammgäste hatten sich zwar auf dem Sonnenberge alter Verfassung behaglicher gefühlt, es fiel ihnen aber nicht ein, von ihrer Stammgast-Treue zu weichen und ihr Einfluß machte sich auch in der vergrößerten Gesellschaft noch geltend. Davon kann jetzt nicht mehr die Rede sein, denn es hat eine Völkerwanderung nach dem Seelisberge begonnen und der dortige Verkehr giebt dem Rigigetümmel wenig nach. Man hört dort viele Zungen reden und mannigfache Reisemoden machen sich geltend. Wer nicht Monate vorher sich dort Quartier bestellt hat, kann von Glück sagen, wenn er in der Saison einen Platz erhält, daher an den Bau eines zweiten großen Hôtels gedacht wird. Der freundliche Wirth thut sein Mögliches das große Reich zu beherrschen, aber man befindet sich in einem unruhigen Gasthausleben auf der Reise, dem man früher gerade entfloh, wenn man auf den Seelisberg zog.

Ich will aber Niemandem den Besuch des Seelisbergs verleiden und auch mir den Genuß nicht versagen, zu schildern, was ich dort fand.

Der Seelisberg, an der Grenze Unterwaldens, gehört schon zum Canton Uri wie die Treib, der Landungsplatz Brunnen gegenüber, der nicht selten bei stürmischem See zu einem Nothhafen wird für den Uri-Nauen, das von Flüelen nach Luzern fahrende Marktschiff und für Böte, die in Gefahr gerathen sind. Wenn Reisende an der Treib aussteigen wollen, halten die Dampfschiffe in der Nähe an und ein Boot von der Treib nimmt die Reisenden auf. Das Wetter begünstigte mich nicht, als ich zum ersten Mal dort landete, aber ich war in guter Gesellschaft und während der Regen an die Fenster peitschte, fühlten wir uns bald recht behaglich in dem kleinen reinlichen Wirthshause. Die mit dem Eingeregnetsein entstandene Stimmung ist anfangs immer getheilt zwischen der Befriedigung, die das Obdach gewährt und der unliebsamen Verfestung; wer aber den Willen hat seinen Reisehumor nicht zu verlieren, dem beginnt die Schattenseite des Daseins zu schwinden, wenn er nach und nach durch seltsame Costüme gegen das Unwetter sich sichernde fahrende Leute dieselbe Schicksalsbühne betreten sieht und die nach den Individualitäten so verschiedenen Expectorationen hört, mit denen sie ihrem Aerger Luft machen oder als praktische Weltweise sich zeigen. Es ist nicht immer ein schlechter Trost Leidensgefährten zu haben. Die Mitleidenschaft auf der Reise bringt die oft aus verschiedenen Weltgegenden zusammengeworfenen Menschen sehr bald in einen vertraulichen Verkehr, dessen man sich später noch gern erinnert; der Regen knüpft den Bund, der Sonnenschein löst ihn auf.

Während der Regen-Quarantäne auf der Treib brachte ich das Gespräch auf den Heldenkampf der Unterwaldner gegen die Franzosen im Jahre 1798, da ich mich erinnerte, diese Schifflände in der Geschichte jener Zeit erwähnt gefunden zu haben. Oberhalb des Wirthshauses, in welchem wir saßen, hinter welchem sich sogleich der Berg erhebt, standen in dem Jahre nach jenem Kampfe Batterieen der Franzosen, während die Oesterreicher Brunnen und die Umgegend inne hatten. Ohne sich viel zu schaden, hatten die Feinde sich bisweilen feurige Grüße zugesendet, wobei es den Bewohnern der Treib recht ungemüthlich gewesen sein mag, aber die österreichische Artillerie war so human, die kleine Taverne zu verschonen. In dem Schicksalsjahre Unterwaldens hatte die Treib einen Wirth gehabt, der unter dem Namen „Fürsprech Huser“ noch im Munde des Volks bekannt ist und als intimer Freund des Kapuziners Paul Styger, des rastlosen Leiters der Bewegung, damals eine nicht unwichtige Rolle spielte. Huser befehligte als Hauptmann eine Compagnie Freiwilliger vom Seelisberg, die den Unterwaldnern zu Hülfe zog, mußte dann, als die Franzosen mit Mord und Brand Unterwalden pacificirten und auch die Treib und den Seelisberg besetzten, flüchten und begab sich zu den Oesterreichern, als diese am andern Ufer des Sees Posto gefaßt hatten. Durch seine Ortskenntniß suchte er den Oesterreichern zu nützen und setzte wieder sein Leben aufs Spiel, indem er in einer Nacht von Sisikon, dem kleinen Dorfe zwischen der Frohnalp und dem Axenberge, auf einem Flosse der einfachsten Construction, das aus zwei Balken bestand, auf welchen er einen Laden befestigt hatte, mit zwei Holzschaufeln, die er als Ruder gebrauchte, zum Rütli hinüberfuhr, um die Stellung der Franzosen am Seelisberge auszukundschaften. Sein weiteres Leben war auch voll Unruhe, denn in einer Zeit, in welcher nach kühner Lautverschiebung die französisch gesinnten Schweizer den Namen Patrioten führten, konnte ein Patriot wie Huser nicht gedeihen. Eine Zeitlang war er wieder Wirth in dem Gasthause bei der Pfarrkirche auf dem Seelisberg, dann zog er nach Bürglen, wo er 1837 sein bewegtes Leben endigte,

Alles hat seine Zeit, auch ein Landregen am Vierwaldstättersee. Spät am Nachmittage klärte sich das Wetter etwas auf; die freundliche Wirthin der Treib hatte noch die Vorsicht, uns mit einem „Dach“, wie man dort einen Regenschirm von beträchtlicher Dimension nennt, zu versehen und wir pilgerten bergan auf dem nun zwar schlüpfrigen, aber durchaus nicht beschwerlichen Wege, auf dem man leicht in einer Stunde an das Ziel gelangt. Ein wohlbeleibter Alt-Rathsherr von Luzern, alljährlicher Stamm-Berggast, der keine Neigung hatte sich zum Märtyrer zu machen, ließ sich auf einem Tragsessel hinaufcolportiren und wir beneideten ihn nicht um diese Bequemlichkeit, denn es war uns eine Wohlthat, nach mehrstündiger Clausur die Beine zu strecken. Schon dunkelte es, bevor wir oben angekommen waren, die Schatten der untern Welt rückten uns näher und näher, aber auf ihnen getragen zitterten Feierklänge durch die Luft, die sich mit dem Rauschen des Waldes zu einer ernsten Harmonie verbanden: dem Sonnenuntergange, auch wenn man die Himmelskönigin nicht in goldner Glorie scheiden sieht, ist ein tägliches Requiem gewidmet in den zahlreichen Gotteshäusern rings umher; es läuteten die Glocken von den Kirchen und den nahen und fernen Waldkapellen unter und neben uns und bald auch über uns von der Pfarrkirche und der Kapelle auf dem Seelisberg.

Da wo jetzt die Pfarrkirche auf einer Bergterrasse steht, umgeben von einigen Häusern, war früher nur eine

Kapelle, die als Filiale zur Pfarrkirche von St. Martin in Altorf gehörte. Jetzt hat der Seelisberg außer der Kirche noch die schöner gelegene, von drei majestätischen Linden beschattete Kapelle Mariä-Sonnenberg, etwa zehn Minuten von der Kirche entfernt. Ein solches Gotteshäuschen, 1300 Fuß über dem Spiegel des Vierwaldstättersees, repräsentirt schon in seiner Lage das Ueberirdische und kein Wanderer, wes Glaubens er sei, wird gefühllos vorüberziehen. Die katholische Kirche hat es so wohl verstanden, den Menschen die Allgegenwart Gottes zum Bewußtsein zum bringen, da Kirchlein zu bauen und stets geöffnet zu halten, wo Waldeinsamkeit den Menschen sinnig macht oder eine großartige Natur mit heiligem Schauer erfaßt. Die rasch zunehmende Dunkelheit hinderte uns, das große Landschaftsbild jetzt zu überschauen, aber die Zeit, wo sich Tag und Nacht scheiden, ist ganz geeignet an einem solchen Orte in eine ahnungsvolle Feierstimmung zu versenken und obgleich ich am folgenden Tage und oft noch von dort den Blick konnte schweifen lassen über die an Wechsel so reiche Gegend, danke ich dem magischen verschleiernden Halbdunkel jenes Abends eine Andacht, die allein mir den Seelisberg unvergeßlich machen würde.

Die Tagfahrt war zu Ende, das Kurhaus „Sonnenberg", nur wenige Schritte von der Kapelle entfernt, war erreicht.

Da der größte Theil der zahlreichen Kurgäste im großen Speisesaal versammelt war, begab ich mich alsbald dahin, um zu recognosciren und es bedurfte nur weniger

Minuten, um zu erkennen, daß Basel hier besonders stark vertreten war, denn von allen Seiten hörte ich aus dem Munde der Damen das wohlbekannte: Jo! und ich fand auch Herren aus Basel, die ich vor einigen Jahren in Engelberg angetroffen hatte. Die Basler sind Pioniere; wenn ein Kurort von Gästen aus anderen Weltgegenden überfluthet wird, so suchen sie sich im nächsten Jahre eine andere Stätte und die Wahl des Sonnenbergs zeigt, daß sie mit Geschmack zu wählen wissen.

Wer auf der Reise zur Nachtzeit an einen Ort gekommen ist, den eine schöne Aussicht in Ruf gebracht hat, der wird schwerlich am andern Morgen lange der Ruhe pflegen, wenn er auch nicht gerade genöthigt ist einen Sonnenaufgang mitzumachen, was ich immer für einen theuer erkauften Genuß halte. In Seelisberg ließ mir die Sonne den Vorgang, denn als ich am Morgen von dem Balkon herabschaute, war der ganze Urnersee noch mit Nebel belagert und an den Bergen hüben und drüben hingen Wolken, aber nicht von der schweren schwarzgrauen bedrohlichen Gattung, sondern als leichtere Ueberhänge, die zum Abziehen bereit sind, sobald ein Morgenwind sie erfaßt. Als sich die träge Nebelmasse auf dem See in Bewegung gesetzt hatte, wurden zuerst nur noch einzelne Punkte am Ufer für Augenblicke sichtbar, dann trat Brunnen hervor, während die Frohnalp dem Seelisberge gerade gegenüber noch mit einem großen weißgrauen Schleier verhängt war. Hier begann nun ein Kampf, dessen raschen Wechsel ich in dieser Art noch nicht gesehen hatte. Plötzlich stand der kolossale

Kegel vor unseren Augen, aber nach einigen Minuten stellte sich der Schleier wieder ein, zwar weißlicher geworden, aber doch noch dicht genug, um das Jenseits zu verdecken. Diese Metamorphose wiederholte sich in kurzen Zeiträumen mehrere Male, bis nicht nur die Frohnalp und das daran geheftete Dörfchen Morschach, sondern die Tellskapelle und bald auch Flüelen am Ende des Urnersees in voller dauernder Klarheit dastand, und selbst von dieser Höhe herab, von der die zeitweilig vorüberfahrenden Dampfschiffe sehr klein erscheinen, erkennt man die grüne Farbe des Wassers.

Es gibt manche Kurorte in der Schweiz, ausgezeichnet durch ihre Luft und denen, die gezwungen sind Pindars Worte „das Wasser ist das Beste" für eine Zeit zu ihrer Devise zu machen, durch das Wasser heilbringend, aber es fehlt ihnen oft eine schattige Umgebung oder höchstens ist durch Kunst ein Plätzchen in der Nähe gewonnen, zu dem man in den heißen Tagesstunden sich flüchten kann. Das Kurhaus zum „Sonnenberg" hat nicht bloß Sonne zum Erwärmen, sondern Waldesschatten zur Kühlung in nächster Nähe und nach allen Seiten hin schöne Zielpunkte für kleine Wanderungen. In einer halben Stunde erreicht man am Waldesrande das „Känzli", einen Felsenvorsprung, der steil abfällt zum See und eine schöne Ueberschau der ganzen Gegend von Luzern bis Schwyz gewährt. In anderer Richtung liegt nicht eine halbe Stunde vom Kurhause ab der liebliche grüne kleine See, von welchem der Seelisberg seinen Namen hat, am Fuße des Niederbauen oder Seelisberger-Kulms. Zur Rechten des Seeli führt der Weg auf das unterwaldensche Dorf Emmeten, zur Linken nach Bauen. Der See soll unendlich tief sein, wie man auch abnehmen kann aus der Höhe der Bergpyramide, die aus ihm aufsteigt. Natürlich fehlt es dem See nicht an der Sage von einem ungeheuern Fisch, der in der Tiefe haus't, denn wie das Weltmeer seine Seeschlange hat, so birgt ein einsamer Bergsee in seiner geheimnißvollen Tiefe ein Ungeheuer, das die anderen Fische verzehrt. Der Beweis dafür liegt in der geringen Zahl der Fische in diesen Seen, aber nur Hellsehende, Frohnfastenkinder, erblicken das Ungethüm bisweilen an der Oberfläche des Wassers. Die alte Krebserin, welche früher das Kurhaus auf dem Sonnenberge mit Krebsen versorgte, hatte den großen Fisch im Seeli häufig gesehen. Ein Bauerknabe, der aus einem der wenigen Häuser, die auf den grünen Matten umher liegen, zu mir herankam als ich an dem romantischen Gelände saß, hatte ihn noch nicht geschaut, gab mir aber die sonderbare historische Notiz, daß der Seelisberg früher den Namen Frohberg geführt habe, bevor das Seeli da gewesen sei.

Von der Garten-Terrasse des Kurhauses blickt' man gerade auf das Rütli herab, welches Schiller beschreibt

„— — — Links am See, wenn man
Nach Brunnen fährt, dem Mytenstein grad' über
Liegt eine Matte heimlich im Gehölz,
Das Rütli heißt sie bei dem Volk der Hirten,
Weil dort die Waldung ausgereutet ward.“

Statt dieser Form des Namens, dessen sich unser Dichter bedient, ist in der Schweiz „Grütli“ gebräuchlich, aber von sprachlicher Seite verdient wohl „Rütli“ den Vorzug, denn „G'rüt“ ist ein Complex und dazu paßt die Diminutivendung nicht. Sehr klein erscheint auch vom Seelisberge diese Bundeswiese, auf der die große That des schweizerischen Freiheitskampfes begonnen haben soll.

Jetzt hat die Kirche auf dem Seelisberge oder wie der Ort, an dem sie steht, genauer heißt, dem „Zingel“, einen Pfarrer und einen Pfarrhelfer dazu und bisweilen kommt auch ein Kapuziner von Altorf, um dort zu predigen. Ein solcher schloß einst seine Predigt mit der ergreifenden Apostrophe an die Gemeinde: „Lieben Brüder und Schwestern in Christo! Ich kann nicht schließen, ohne Euer Mitgefühl in Anspruch zu nehmen für einen Bruder meines Klosters, der in den letzten Zügen liegt, für den Bruder Ankenhafen.“ (d. i. Butterfaß) „Muß ha! Muß ha!“ riefen die gerührten Frauen und es wurde dem guten Pater so viel Butter zugetragen, daß er einen Knecht dingen mußte, um den Vorrath nach Altorf zu bringen. Vielleicht ist es die gesunde Alpenluft und der Segen seines geistlichen Berufes, die den würdigen Pfarrer des Seelisberges in einem beneidenswerthen körperlichen Wohlsein erscheinen lassen' zu vermuthen ist aber auch, daß die Gemeinde ihren Seelsorger nicht darben läßt und daß sein Einkommen ein besseres ist als das des Kaplans vor 400 Jahren, da Seelisberg statt der Kirche nur noch eine Kapelle hatte. Wir besitzen über den letztern Punkt urkundliche Nachricht, die ein eigenthümliches Licht wirft auf die Verhältnisse eines Pfarrers zu seiner kleinen Gemeinde in jener Zeit. Als es den Seelisbergern gelungen war, einen eigenen ständigen Geistlichen zu haben, wurden die beidseitigen Rechte und Pflichten verzeichnet. Die „Ordnung und Abredung der Kirchgenossen auf Seelisberg gegen ihren Priester", vornemlich gemacht, wie der Eingang sagt „daß er wisse, was er ihnen pflichtig sei" enthält unter Anderem folgende Bestimmungen: „Wo er an den Tagen, da er sollte Messe haben, ohne Urlaub wegginge, und nicht Messe hielte, so wollen sie ihm am Wochenlohn zween Plappart abschlagen". — „Was in der Messe auf den Altar kommt, das soll einem Priester gehören, was aber nach der Messe auf den Altar kommt, das soll dem Heiligen gehören und was an Eiern am stillen Freitag zu dem Kreuze kommt, die sollen auch halb einem Sigrist gehören". — „Kein Priester soll Holz hauen als das ihm gezeigt wird; wo er aber haute das ihm nicht gezeigt wäre, da soll er um jeden Stock fünf Schillinge geben". — „Und was ein Priester an den Glasfenstern bricht, das soll er in seinen Kosten wieder machen". — Den Beschluß macht ein Satz in eigenthümlicher Form: „Item ouch sollend die kilchgenossen dem priester geliger gäben, will er dan ein Junckfrowen han, die sol er sälber legen" d. h. die Kirchgenossen sollen dem Priester Bettlager geben, will er aber eine Jungfrau (Haushälterin) haben, für deren Bett soll er selber sorgen.

Die Kapelle Maria-Sonnenberg, damit sie ein Wallfahrtsort werde, erhielt ihre Legende, die aber nichts von der poetischen Färbung hat, durch welche sich so manche Legende auszeichnet. Ein armer Knabe hütete — vor etwa 300 Jahren — in dieser damals walddichten Gegend seine Ziegen. Während nun diese ihre Nahrung suchten, suchte der Knabe auch Nahrung, jedoch nicht für den Körper, sondern für seine Seele, durch inbrünstiges Gebet zur Gottesmutter Maria, zu der er ein ganz besonderes und wahrhaft kindliches Zutrauen hatte. Diese Ergebenheit sollte ihm nicht unbelohnt bleiben, denn als er eines Tages wieder betete, erblickte er in einiger Entfernung etwas Glänzendes und als er hinzuging fand er ein aus Holz geschnitztes Bild der hl. Jungfrau, von welchem dieser Glanz ausging. Vor Freude außer sich lief er eiligst nach Hause und erzählte seinen Eltern, was er gesehen. Als diese sich an den bezeichneten Ort begeben hatten, fanden sie zu ihrem Erstaunen die volle Wirklichkeit der Erzählung des Knaben. Es wurde nun sogleich dem Ortspfarrer Anzeige davon gemacht, der dann dafür sorgte, daß an dem Orte, wo das Bild gefunden worden, eine Nische gemauert und das Bild hineingestellt wurde. Es ist hier aller poetische Duft möglichst abgewischt, durch welchen sich sonst die sehr verbreiteten Legenden vom Finden des Muttergottesbildes durch Hirten auszeichnen. Es gehört dazu eine wunderschöne Musik, ein Gesang der Engel, in Spanien wie anderswo. Von der Gründung eines Kirchleins im Jonenthal (Aargau) erzählt Rochholz: „Vor Jahrhunderten hütete ein Knabe die Ziegen. Beim Heimtreiben fehlte ihm eine; nach langem Suchen sah er sie endlich drunten im unwegsamen Tobel am Bache weiden. Er war schnell durchs Dickicht hinabgeklettert nnd meinte, jener Stelle nahe zu sein, da fesselte ihn auf einmal eine wunderliebliche Musik. Die herrlichsten Lieder klangen ihm entgegen, bald schwollen sie zu vielen klaren Stimmen an, bald kamen sie leise wie aus dem höchsten Himmel her. Der Knabe vergaß seiner Ziegen ganz, horchte wie gebannt nur auf jene Musik, setzte sich auf einen Stein nieder und entschlief darüber. Im Traume fand er sich in einem wohlgeschmückten Kirchlein, worin der Priester am Altare stand und den Gläubigen die Messe las; strahlend aber war in der Mitte das anmuthigste Bildniß der Jungfrau erhöht, umgeben von Heiligen. Es bedünkte den Hirtenknaben, als wende sie sich zu ihm und wolle mit ihm sprechen. Da zerann das Gebild und er erwachte. Um ihn sangen die Vögel, er rieb sich die Augen, er schaut sich nach seiner Heerde um, und Wunder, hier vor ihm im Grase liegt ein Marienbild, so schön, wie er es eben im Traume erblickt hat. Während dem hatten seine Thiere ihren Weg schon heimgefunden, er ging ihnen nach, keines fehlt ihm, und erzählte den übrigen Hirten von seinem wundersamen Fund. Man begann nun droben auf der Berghöhe den Bau eines Kirchleins, aber eines Morgens war das aufgeführte Gemäuer wie weggeschwunden und tief hinunter in das Tobel gebracht, wo der Knabe das Bild gefunden hatte". An die Stelle der Nische auf dem Seelisberge kam bald eine Kapelle von Holz und später eine größere gemauerte und da mittlerweile der Wald umher gelichtet worden war, erhielt die „Kapelle im Wald" den Namen „Maria-Sonnenberg". Die Inschrift über der Pforte lautet:

„Ich werd' genannt der Sonnenberg,
Ein reicher Thron der Gnaden,
Dem armen Sünder ein Herberg,
Die Schlang' hie kann nichts schaden".

Auffallende Gebetserhörungen vor dem Muttergottesbilde brachten die Kapelle in Ruf und besonders zu dem alljährlichen Feste der Einweihung, das auf den ersten Sonntag nach Mariä Himmelfahrt mit 40 Tagen Ablaß angesetzt ist, pilgern viele Leute dahin.

Da ich mich in der Umgegend befand, versäumte ich es im letzten Sommer nicht an diesem hohen Festtage des Seelisberges den mir einst lieb gewordenen Ort noch einmal zu besuchen. Es war kaum eine Anstrengung auf dem guten Wege in der Morgenfrische eines herrlichen Tages von der Treib aus den Berg zu ersteigen, um so weniger da wir oft eine Rast machten um die schöne Gegend vollauf zu genießen. Der Gottesdienst hatte schon begonnen als wir zur Kapelle herankamen und wurde großentheils im Freien abgehalten, da das kleine Kirchlein die große andächtige Menge nicht fassen konnte. Eine Kanzel war daher unter dem „Vorzeichen" (Porticus) errichtet und weithin hallte die Stimme des Predigers. Das Publikum war verschieden gruppirt. Die männlichen Gemeindegenossen des Seelisberges hatten ihren Stand zunächst dem Vorzeichen genommen, die größere Menge war auf dem Rasen gelagert und ein Theil der Frauen saß unter den Bäumen umher. Den schönsten Platz auf der Bank unter einer der großen Linden hatten drei Mädchen inne, die wie ausgewählt waren das schöne Geschlecht des Seelisberges zu repräsentiren. Wie die jungen Unterwaldnerinnen zeichnen sich auch ihre Nachbarinnen vom Seelisberge durch einen feinen Teint aus und die malerische reiche Nationaltracht ist von der Unterwaldens wenig verschieden. Warum sollten auch die drei Mädchen zu dieser „Hochzeit" nicht ihren besten Putz mit Sorgfalt angethan haben, denn

„wenn sich die Rose selber schmückt,
schmückt sie auch den Garten".

Als eine kleine Cantate von einigen klangvollen Frauenstimmen mit Begleitung des Harmoniums im Innern der Kapelle gesungen die Feier geschlossen hatte, setzten sich die Gruppen des Publikums nach verschiedenen Seiten hin in Bewegung und wir traten in das Kurhaus ein, wo uns bald ein ganz anderes Leben umfing. Die aus weit über hundert Personen bestehende Gesellschaft an der Mittagstafel war europäisch; als Nachbarin hatte ich eine Französin aus dem Elsaß, als Nachbarn einen Engländer, der sich bemühte französisch zu sprechen, und verschiedene deutsche Mundarten kreuzten sich mit dem hie und da schwach hervortretenden Schwyzer-Dütsch. Obgleich mir dieses Europa auf dem Seelisberge nicht sehr zusagte, wäre ich doch gern eine Nacht dort geblieben, aber es war keine Lagerstätte frei und so mußte ich denn am Nachmittage weiter wandern. Ich faßte Bauen, ein Dörfchen am Fuße des Urwängi und am großen See gelegen ins Auge, weil mein Reise-Compaß auf Uri und nicht auf Unterwalden hinwies, und der einsame Weg dahin war äußerst lohnend. Da mich die Zeit nicht drängte, verweilte ich noch bei dem nicht weit vom Kurhause gelegenen s. g. Tanzplatze, einer besonderen Stiftung für die Jugend. Im Jahr 1704 schenkte Nicolaus Trutmann den Kirchgenossen ein Stück Land „zu einem Muster- und Kurzweil-Platz, jedoch mit dem Geding, daß darauf weder Gärten gemacht noch gebaut noch Bäume gesetzt werden sollten, sondern daß es zu allen Zeiten eine Allmend und ein offener Platz sein und verbleiben solle, darauf die Kirchgenossen wohl erlaubte und gebührende Kurzweil und Recreation haben und üben mögen.“ Jung und Alt vergnügte sich nun an Festtagen auf diesem Rasenplatze, ländliche Kraftspiele und Tanz wechselten mit einander ab; als aber die Jugend, die immer begehrende, dort ein Tanzhaus haben wollte, da machten die Söhne des Stifters auf Grund der bei der Vergabung gestellten Bedingung Einsprache und das Gericht in Uri verbot den beabsichtigten Bau. So ist denn bis auf den heutigen Tag der Platz im Sinne des Gebers erhalten und benutzt; an freien Tagen üben sich dort die Knaben im Armbrustschießen und die Alten schauen den jungen Tellen zu; das Tanzen im Freien scheint hier aber abgekommen zu sein. Einige der größeren Knaben zeigten schon eine große Fertigkeit im Schießen und es herrschte dabei die größte Ordnung.

Aehnliche Stiftungen für die Jugend finden sich auch anderswo in der Schweiz. In dem nahen Dorfe Emmeten wird ein nicht unbedeutendes Stück Land der Spielhof genannt. Es ist dieß, wie Businger in seiner Beschreibung Unterwaldens meldet, das Vermächtniß einer alten lahmen Jungfrau an die Jugend, weil ihr die Kinder vor dem Hause durch ihre Spiele das einzige Vergnügen machten, das sie in ihrem elenden Zustande noch genießen konnte. Deswegen schenkte sie diesen Platz den Kindern für ewige Zeiten, um sich darauf belustigen zu können und damit der Platz fein sauber bleibe, so darf das Gras darauf nie mit Kühen, sondern nur mit Schafen abgeweidet werden.

Bald lag wieder das liebliche Seeli zur Rechten unter mir, wie ein meergrüner Edelstein vom hellen Wiesengrün eingefaßt; kein Lüftchen bewegte sich in der Gewitterschwüle, die wohl bedrohlich war und mich hätte vorwärts treiben sollen, aber ich eilte dennoch nicht, denn ich freute mich nach dem Getümmel des Kurhauses wieder allein zu sein mit der schönen Natur und obgleich ich kein Misanthrop bin, war es mir lieb bis zum Schlößchen Beroldingen auch nicht einer Menschenseele zu begegnen. Beroldingen — oder Berlingen, wie dort die Landleute sagen — ist das Stammhaus eines berühmten Geschlechtes, das längst in andere Länder gezogen ist.

„Zwar die Ritter sind verschwunden,
Nimmer tönet Speer und Schild:

Doch dem Wanderer erscheinen
In den altbemoosten Steinen
Noch Gestalten zart und mild".

Aber so war es nicht; die Phantasie hatte mir diesen Vers des schönen Studentenliedes vorgespiegelt. Nicht Gestalten zart und mild, sondern Bauern in Hemdsärmeln schauten aus den Fenstern der verbauerten ehemaligen Ritterwohnung, an welcher nur das Thürmchen auf die alte Zeit zurückweist.

Kreuz und quer schlängelte sich der steinige Weg nach unten dem See zu, meistens beschattet und in der Nähe von Bauen entfaltete sich eine Ueppigkeit kräftiger Nuß- und Kastanienbäume. „Allda ist auch ein ordentliches Wirthshaus", schreibt Lusser in seiner trefflichen Beschreibung Uri's. Das war ja mein Trost für die Nacht, auf den ich zugesteuert war, und ich fand auch den Wein, um meinen Durst zu löschen, dort sehr gut, als ich aber nach dem Nachtquartier fragte, sagte mir die Wirthin, daß sie darauf nicht eingerichtet sei. In dieser Verlegenheit riethen mir einige junge Leute, die bei der Feier auf dem Seelisberge gewesen waren, mit ihnen nach Isleten, einer Halbinsel gegen das Ende des Sees, überzufahren, dort würde ich wohl zu Nacht bleiben können. Die Gesellschaft gefiel mir und die Bootfahrt war sehr unterhaltend, aber in Isleten erhob sich wieder dieselbe Schwierigkeit für die Nacht, so daß ich, obgleich es schon zu dunkeln anfing und das Gewölk am Himmel sich mehrte, noch ins Isenthal zu pilgern mich entschloß, denn als anderer Ausweg blieb mir nur, mich mit einem Boote nach Flüelen übersetzen zu lassen und das erschien mir denn doch, da die Gewitter hier oft plötzlich zum Durchbruch kommen, etwas gewagt. Ich war grade in der Stimmung, daß mich die Schwierigkeit, ein Nachtlager zu finden, welche mich so hartnäckig verfolgte, zum Kampfe mit meinem Schicksal reizte und unter guter Führung begann ich wieder bergan zu steigen. Bald kam ich auf dem leidlichen steinigen Wege ins Waldesdunkel, das dann und wann durch zuckende Blitze erhellt wurde, so daß ich momentan die Ahnung von einer sehr schönen Berggegend bekam. Rasch ging es vorwärts, da sich nun auch der Regen einstellte und ich war froh nach einem Gange von anderthalb Stunden die dunkle Form einer Kirche und den Lichtschein aus einigen Menschenwohnungen zu erblicken. Ich war in dem Dorfe Isenthal und mein Lagersuchen hatte ein Ende.

Das Isenthal, dessen Name gewiß nicht auf die Isis zurückweist, wie vermuthet worden ist, sondern so heißt, weil man dort einst Eisen gegraben hat, ist sehr einsam und sehr ernst. Von den 232 Bewohnern männlichen Geschlechts, welche die Bevölkerungs-Statistik der Schweiz dem Thale zuschreibt, befanden sich die meisten auf den höheren Alpen und von Fremden sah ich während meines zweitägigen dortigen Aufenthalts nur zwei junge Männer vom basler Alpenklub, die den Blackenstock (9083') erstiegen hatten. Bergriesen, bewaldet und kahl, schließen das enge von einem kräftigen Bergstrom durchzogene Thal ein und die Sonne kann auch im hohen Sommer nicht lange zur Herrschaft kommen. Mir mußte das einsame Thal um so ernster erscheinen, da sich am Nachmittage ein furchtbares Gewitter entwickelte, so daß vom Kirchthurme Wetter geläutet wurde. Während die Blitze, wie feurige Gedanken des Donnergottes, in Secunden die Atmosphäre durchschnitten, verfing sich der Donner in den Bergschluchten und der schmetternde Schlag hatte seine bis zum dumpfen Gemurmel sich abschwächenden Echos. Gegen Abend löste sich die Wuth des Gewitters in einen langen Regenguß auf und nun begann der Wasserfall, der vorher durch die Regelmäßigkeit, mit welcher er sein Kristalwasser aus der Baumgruppe herabströmen ließ, das Auge entzückt hatte, zu toben; die Wassermasse war schnell vervierfacht und nahm zuerst eine gelbe, dann eine braune Farbe an. Als die Nacht das Thal eingehüllt hatte, hörte man fortwährend sein Tosen und den an die Fenster plätschernden Regen.

Vom Isenthal aus wird jetzt der Uri-Rothstock recht häufig bestiegen. Ihm gegenüber und mit ihm zusammenhängend erhebt sich der von grauen Felswänden starrende und mit Schneefeldern belagerte Blackenstock oder wie die Isenthaler ihn nach seinen Felsköpfen nennen, die Thiergartenstöcke. Das ganze Firnplateau des Rothstocks, Blackenstocks und anderer mit ihnen zu einer Einheit verbundener Schneeberge heißt im Isenthal Blümlisalp, denn auch hier, wie am Glärnisch und bei den Clariden geht die Sage von der Vergletscherung der obersten Region, die einst grasreiche Alpen gehabt haben soll, eine Sage, die sich auch in anderen Gebirgsländern, wie in Baiern am Königssee bei der „übergossenen Alp" findet.

Ich habe nie so kaltes Wasser getrunken wie im Isenthal und halte die Erzählung für sehr glaublich, daß das auf den schattenarmen Weiden am Fuße des Blackenstocks erhitzte und vom Durst gequälte junge Rindvieh, wenn es eine Quelle gefunden hat, um sich zu laben, bisweilen todt hinstürzt. In der Hirtensprache hieß es dann früher, das Greiß, ein Ungeheuer, habe die Rinder getroffen oder gemordet. Von diesem Greiß erzählte man, nachdem es durch seine Mordgier die große Alp ganz unnutzbar gemacht, habe ein Eremit den Thalbewohnern den Rath gegeben, sieben Jahre lang einen Stier durch Milch aufzuziehen und dann durch eine reine Jungfrau auf die verödeten Weiden führen zu lassen, um den Kampf mit dem Ungeheuer zu bestehen; das Greiß sei auch in einem heftigen Kampfe von dem Stier besiegt, aber doch nicht getödtet worden. An dem Stierenbach, der Quelle der Aa, welche das Engelberger Thal durchströmt, wird noch ein Fußtritt des gewaltigen Stieres im Felsen gezeigt.

Aus dem Isenthal nach Seedorf geleitete mich ein origineller kleiner Führer, ein achtjähriger Knabe mit einem Vollmondsgesicht und großen blauen Augen. Für die Reise war er mit einer großen braunen Zipfelmütze ausgestattet, während sonst sein blondes Haupt diesen Luxus nicht kannte; auch hatte ihn die sorgliche Mutter sogar mit einer Jacke versehen. An den mit etwas Leinwand umwickelten Füßen trug er die bei den Hirten gewöhnlichen schweren Holzschuhe oder vielmehr Sandalen aus Ahornholz, welche mit Lederriemen befestigt werden; in der Rechten hatte er einen großen Stock. Als ich ihm meine Reisetasche umgehängt hatte, wie er es durchaus wünschte, klapperte er auf dem steinigen Wege munter vor mir her, machte sich auch als Kenner der Berge, wie es einem Führer ziemt, bisweilen geltend. So lange wir uns noch im Hochthal bewegten, fand ich den Weg besser als ich nach dem Gewitter erwartet hatte, als wir aber in fortwährenden Querzügen immer bergab dem See zuwanderten, war die Passage oft gehemmt, denn der Gewitterregen hatte beträchtliche Schutthalden über den schmalen Weg geschüttet. Ohne große Beschwerde gelangten wir jedoch bis an die Sägemühle vor Seedorf und da ich nicht zweifelte, daß sich bei meinem kleinen Burschen ein großer Appetit eingestellt habe, sagte ich ihm, daß wir im Wirthshause in Seedorf uns stärken wollten, ich für die Weiterreise nach Altorf, er für die Rückreise in sein Thal. Er ging auch noch einige Schritte vorwärts, dann wandte er sich zu mir um und sagte mit weinerlicher Stimme, auf die Sägemühle hinweisend: „Da wohnt aber meiner Muetter Schwester". „Ja mein Kleiner, erwiederte ich, wenn da deiner Muetter Schwester wohnt, so mußt du ja bleiben". Als ich ihm nun einen Franken gab, sah er ihn verwundert an, denn er hatte wohl noch nie einen Franken verdient, küßte nach dortiger Sitte seine Hand und reichte sie mir zum Abschiede und als er einige Schritte auf die Sägemühle zugesprungen war, warf er mir noch eine Kußhand zu. Gott behüte dich, du lieber kleiner Isenthaler!

V.

Uri.

Wer in Uri einfährt, überzeugt sich sogleich, daß er in das Land der Ordnung gekommen ist, denn „alles starke Trotten, Galoppiren und Rennen mit Kutschen und andern Fuhrwerken jeder Art durch die Flecken und Dörfer" ist bei Buße verboten, so gut wie in einer deutschen Residenzstadt. Für die Ordnung spricht auch, daß das Land so reichlich mit Obrigkeit und Beamten aller Art versehen ist, denn außer den in der Landsgemeinde Gewählten vom Landammann bis zu den Landesläufern gibt es unzählige Beamte, besonders in der Verwaltungssphäre. So führt eine Verordnung von 1845 als Kassaverwaltungen auf: „Die Seckelamts-, Obere- und Untere-Straßenbautilgungs-, Geheimraths-, Finanz-, Salz-, Post-, Centralarmenpfleg-, Schulkommission-, Fideikommiß-, Militär-, Diözesan-, Wehre- und Allmendraths-Kassaverwaltung". Dieß hat denn ein starkes Titelwesen im Gefolge, wor n überhaupt die schweizerischen Freistaaten ganz harmoniren mit der großen Republik im fernen Westen, nur daß in Amerika die zwar auch in der Schweiz beliebten militärischen Titel noch überwiegen, so daß man für den gegenwärtigen Krieg der feindlichen Brüder mit Offizieren aller Art, Tausenden von Captains und Dutzenden von Generälen, quantitativ sogleich reichlich versehen war. In Uri berührt es angenehm, daß nicht wie in anderen Theilen der Schweiz jeder Vorsteher einer Behörde Präsident genannt wird, sondern daß man die alten deutschen Bezeichnungen beibehält. Mir klingt Landammann, Schultheß (Luzern) und Bürgermeister besser als Präsident, der sowol der höchste Beamte des Cantons als der Dorfschulze sein kann, so daß man erst fragen muß, auf welchem Stuhl der Mann denn präsidire. Eine Besonderheit Uri's, ohne Zweifel von Italien herübergekommen, ist es, daß die Aerzte mit einem Titel beehrt werden, der auf dem Beamten-Parnaß in monarchischen Staaten bis an die Wolken ragt. Als ich dort bei einem Arzte zum Besuch war, trat ein Bauer herein und begann seine Krankengeschichte mit: „Herr Excellenz! i ha eisder (d. i. immer) große Schmerze im Buch sit einigä Täge. Es kummt mer vor, wie wenn Brand in mir brennte. Gämer doch eppis dafür". Den dortigen Aerzten ist übrigens eine solche Auszeichnung wohl zu gönnen, denn ihre Praxis, wenn sie in rauher Jahreszeit in entfernte Thäler und in eine hohe einsame Menschenwohnung gerufen werden, wo ein Todkranker ihre Hülfe begehrt, ist äußerst beschwerlich. Wegen der schwierigen Communication mit Altorf hatte eine entfernte Dorfgemeinde die zweckmäßige Einrichtung getroffen, daß der regelmäßige Bote für den Wochenmarkt in Altorf einem dortigen Arzte alle leiblichen Gebrechen in der Gemeinde mündlich melden und die entsprechenden Medicamente in seiner Tasche heimtragen und an die betreffenden Personen vertheilen mußte.

Aber zurück zum Thema. Wollte man aus der großen Zahl der Beamten auf Bureaukratie und Sesselregiment schließen, so würde man sehr irren. Dagegen schützt schon einigermaßen der echtrepublicanische Satz der Verfassung, daß „keine Staatsanstellung oder Beamtung auf Lebenszeit Jemandem übertragen werden darf". Die Aemter geben zwar Ehre und Titel, sind aber in den meisten Fällen Lasten und Leistungen, der sich jeder nach dem Grundsatze unterziehen muß, daß er, wie jeder Bürger zur Vertheidigung des Vaterlandes und zum Militärdienste verpflichtet ist, so auch überhaupt seine Kräfte dem Gemeinwesen da zu widmen hat, wo er dessen Wohl zu fördern im Stande ist oder dieses von ihm vermuthet werden darf. Gegenüber der Aemterjagd in anderen Staaten nimmt es sich daher eigen aus, daß Uri ein Gesetz über den Amtszwang hat (1851). Nach diesem Gesetze ist jeder Wahlfähige pflichtig jede Beamtung, welche durch unmittelbare Volkswahl oder vom Landrathe oder den Bezirksräthen ihm übertragen wird, anzunehmen; erst das zurückgelegte 65. Jahr macht von diesem Zwange frei. In der gleichen Beamtung kann keiner zu mehr als zwei Amtsdauern unmittelbar nach einander angehalten werden, doch muß ein Bürger unter 50 Jahren nach einer Entlassungsfrist von einer Amtsdauer auch zum dritten Mal das Amt übernehmen. Wer sich einem Amte, das er zu übernehmen verpflichtet ist, beharrlich entzieht, macht sich der Amtsverweigerung schuldig, und hat für die ganze Zeit der betreffenden Amtsdauer entweder den Canton zu verlassen oder dafür eine Summe von 200 bis 1000 Franken zu bezahlen, welche der Landrath nach Maßgabe der Wichtigkeit des Amtes und der Vermögensverhältnisse des Weigernden bestimmt. Beharrliche Verweigerung der Annahme einer Gemeindebeamtung zieht die Verlassung der Gemeinde und Gleichstellung des Weigernden mit den Hintersaßen in Nutznießung des Gemeingutes auf die betreffende Amtsdauer nach sich. Die Amtsdauern sind verschieden: für den Regierungsrath 4 Jahre, für andere Aemter 2 und ein Jahr.

Wie wenig lucrativ die Aemter in Uri sind, können wir daraus entnehmen, daß der Princeps der Beamten, der regierende Landammann, einen jährlichen Gehalt von 400 Franken bezieht. Aehnliches findet sich in anderen Cantonen und noch vor wenigen Decennien war in Zug der regierende Landammann zugleich Stadtuhrenaufzieher, um ihm ein Emolument von 60 Gulden zu seiner Besoldung zuzuwenden, denn natürlich besorgte er das untergeordnete Geschäft nicht selbst. Viele Beamten beziehen gar keinen festen Gehalt, sondern erhalten höchstens mäßige Taggelder. Als daher ein Bürger von Buochs sechs Jahre als unbesoldeter Rathsherr von Nidwalden fungirt hatte, verbat er sich an der letzten Landsgemeinde die Wiederwahl folgendermaßen: „Liebe Landsleute! Wenn einer sechs Jahre Rathsherr und dabei kein Verschwender gewesen ist und alles ordentlich zusammengehalten hat, so hat er hoffentlich so viel erübrigt, daß er fortan ohne dieses Amt leben kann, und so verzichte ich auf diese Stelle".

Dieser kargen Besoldung der Beamten gegenüber nimmt es sich eigenthümlich aus, daß als im schweizerischen Nationalrath, im Juli 1863, die Nachtragscredite behandelt wurden, die Commission bei dem Posten von 182,000 Franken für die Postverwaltung die Bemerkung machen mußte, es komme ihr auffallend vor, daß die Postverwaltung im Jahr für 16000 Franken Siegellack verbrauche.

Ungeachtet der geringen Amtsbesoldungen in Uri giebt es dort denn doch ein Crimen ambitus oder strafbare Bestechung bei der Bewerbung um Aemter. Man hat dabei jetzt wohl hauptsächlich grade an einige niedere Aemter, der Weibel u. s. w. zu denken, wenn auch nicht allein. Das Landbuch Art. 26 bestimmt: „Keiner soll in unserm Land um Aemter oder Botheyen (Gesandschaften) praktizieren, und wer hierum selbst oder durch andere praktizierte, Mieth oder Gaben geben, verdeuten oder versprechen würde, sei es vor oder nach vergebenem Amt, der soll um Gl. 100 bestraft und des Amtes entsetzt werden, und so einer hierin gar zu weit gienge, mag ein Landsrath ihn nach Umständen noch ferner bestrafen". Diese Bestimmung ist wieder eingeschärft durch eine Verordnung vom Jahre 1846, mit einer Erläuterung, die uns eine sonderbare, nur aus den einfachen Verhältnissen der Bevölkerung erklärliche Form des „Praktizierens" zeigt. Es heißt, das bisher übliche Tabackaustheilen (Rauchtaback und Schnupftaback) sei hinfüro nur dem Bewerber um ein lediggefallenes Amt selbst und höchstens noch einem aus seiner nächsten Verwandschaft gestattet; als Mißbräuche seien verboten: das Anstellen mehrerer Personen, die, sei es herumgehend oder in bestimmten Häusern, für den Bewerber Taback austheilen; die Bildung von Gesellschaften zu gemeinschaftlicher Bewerbung um ein Amt; Versprechungen von Gaben auf Schießständen, Trinkgelagen, oder freie Zechen in Wirthshäusern vor oder nach Vergebung des Amtes.

Nachdem schon im Jahre 1847, dem Schicksalsjahre für die innere Schweiz, eine Verfassungsänderung vorgenommen war, revidirte Uri seine Verfassung von Neuem am 5. Mai 1850 und zu diesem Staatsgrundgesetze, welches denn doch an den alten Principien festhielt, kamen bald verschiedene Reglements für den Landrath, Regierungsrath und die Justizbehörden.

Der Canton ist in zwei Bezirke und diese sind in politische Gemeinden eingetheilt. Die Bezirke sind Uri und Ursern, jenes mit dem Bezirkshauptort Altorf, dieses mit dem Hauptort Andermatt. Altorf ist aber auch Hauptort des Cantons und der Sitz sämmtlicher Cantonsbehörden. Der Bezirk Uri hat 16 politische Gemeinden, der Bezirk Ursern bildet nur eine politische Gemeinde, welche die vier in gewissen Verwaltungssachen getrennten Dorfschaften Andermatt, Hospenthal, Realp und Zumdorf umfaßt. Zumdorf ist vielleicht die kleinste Dorfgemeinde der Schweiz und ohne Aussicht auf eine große Zukunft. Das Dörfchen liegt zwischen Hospenthal und Realp in einer von Lawinen sehr gefährdeten Gegend. Nach der letzten Volkszählung von 1860 hat es 13 Einwohner, 5 männliche und 8 weibliche; 1850 zählte es noch 29, 15 männliche und 14 weibliche. Einer der Bewohner war trotz seinen bescheidenen Ansprüchen an eine comfortable Heimat damals doch noch heimatlos; vielleicht hat er jetzt seine Heimat gefunden. So klein das Dörflein ist, hat es doch eine Kapelle und einen Kaplan, der dem Gottesdienst vorsteht und im Winter den wenigen Dorfkindern Schule hält. Ob seine Stelle in diesem schweizerischen Sibirien mit langem, langem Winter ein Strafamt kirchlicher Disciplin ist oder Vorbereitung auf ein Klausnerleben? Ich weiß es nicht, aber die Seelsorge unter den wenigen Häuptern seiner Lieben kann intensiv sein und eine Sonntagsfeier, zu welcher vielleicht der erste Frühlings-Sonnenstrahl eine Lawine ablöst und als gewaltige Stimme aus der Höhe in die Menschenwelt schickt, ist dort jedenfalls erhebend.

Ursern, obgleich mit Uri zu einer politischen Einheit verbunden, sucht so viel als möglich eine Selbstständigkeit geltend zu machen und fügt sich nur ungern den Herren von Altorf, daher denn das Verhältniß selten gut zu nennen ist. Die neuen Straßenbaupläne haben wieder zu Reibungen Anlaß gegeben. Früher maßte sich der Bezirksrath in Andermatt zum Verdruß der Herrn in Altorf auch wohl in seinen Ausfertigungen das Prädicat „hohe Regierung“ oder „hoher Thalrath“ an, was denn Zurechtweisungen vom Regierungsrath zur Folge hatte und als diese unbeachtet blieben, beschloß der Landrath (1851), in Betracht, daß den Bezirksräthen verfassungsgemäß weder der Titel noch die Attribute einer Regierung zukämen und in Betracht, daß ein absichtliches Verharren auf solch unbefugten Titulaturen zum Trotze gegen Verfassung und Regierung sich qualificire: jeder künftige Fall, wo der Bezirksrath von Ursern in seinen Erlassen einer andern, als der ihm verfassungsgemäß zukommenden Titulatur sich bedienen werde, sei mit einer Ordnungsbuße von Fr. 100 zu belegen und der Regierungsrath sei mit der Vollziehung beauftragt.

Die Verfassungs-Urkunde von Uri enthält in den allgemeinen Bestimmungen folgende das Staatswesen besonders charakterisirende Fundamentalsätze:

„Der schweizerische Canton Uri ist, Bundespflichten vorbehalten, ein souveräner Freistaat, mit rein demokratischer Verfassung. Die Souveränität beruht im Volke, welches dieselbe unmittelbar in seinen verfassungsmäßigen Versammlungen durch Stimmenmehrheit ausübt. Das Volk gibt sich in diesen unmittelbar selbst Verfassung und Gesetze".

„Die Religion des Cantons ist die christlich-römisch-katholische. Die Ausübung des Gottesdienstes anderer anerkannter christlicher Confessionen ist jedoch frei".

„Alle Cantonsbürger haben gleiche staatsbürgerliche Rechte. Es gibt keine Unterthanen-Verhältnisse, keine Vorrechte, weder des Orts, der Geburt, noch der Familien oder Personen. Alle Cantonseinwohner, welche Schweizerbürger sind, sind vor dem Gesetze gleich".

„Die persönliche Freiheit eines jeden Cantonseinwohners ist gewährleistet. Niemand kann verhaftet oder im Verhafte behalten werden, außer in den vom Gesetze bestimmten Fällen und auf die vom Gesetze vorgeschriebene Art".

Die oberste gesetzgebende Gewalt ist die Landsgemeinde, an welcher das Volk unmittelbar sein Souveränetätsrecht ausübt. Der Landrath hat die Initiative in der Gesetzgebung, so daß alle Gesetzesvorschläge von ihm kommen oder durch ihn und mit seinem Gutachten begleitet an die Landsgemeinde. Der Regierungsrath hat die vollziehende Gewalt.

Die jährliche ordentliche Landsgemeinde versammelt sich am ersten Sonntag im Mai zu Bözlingen an der Gand,*) eine kleine Stunde von Altorf, unter freiem Himmel; außerordentliche Landsgemeinden werden vom Landrath berufen und dieser kann dazu veranlaßt werden durch ein „Siebengeschlechtsbegehren" d. h. von wenigstens 7 unbescholtenen „aufrechtstehenden" Männern aus verschiedenen Geschlechtern. Es ist dieß ein wichtiger staatsrechtlicher Begriff, daher manche vorsorgliche Bestimmungen existiren, damit kein Mißbrauch dabei getrieben werde. Die Verfassung hat den Bürgern das freie Petitionsrecht gewährleistet, damit aber auch die Gewähr vorhanden sei, daß

*) Gand bedeutet Feldbruch oder eine mit zerklüfteten Felsstücken überschüttete Strecke Landes.

nicht leichtsinnig und ohne wirkliches Bedürfniß das Staats- und Gemeindeleben durch Anforderungen berührt werde, existirt von Alters her diese zweckmäßige Einrichtung, nicht bloß in der angegebenen Richtung, sondern auch, wenn überhaupt Begehren allgemeiner Art an die Behörden gestellt werden. In einem Falle, der den Bau der Axenstraße betraf, waren in dem auf Einberufung einer außerordentlichen Landsgemeinde (1862) gehenden „Siebengeschlechtsbegehren" 15 Geschlechter vertreten.

In den Formen der Landsgemeinde hat die neuere Zeit zwar etwas aufgeräumt, es gleicht aber doch eine solche Versammlung des freien Volkes von Uri einem Bilde aus altgermanischer Zeit. Von einer Bewaffnung aller stimmfähigen Landleute, wie sie sich noch in Appenzell erhalten hat, ist nicht mehr die Rede. Nachdem der Hauptgottesdienst in Altorf beendet ist, beginnt auf dem Rathhausplatze die Sammlung der Beamten und Landleute, als Vorbereitung zum feierlichen Zuge. Die höheren Beamten in schwarzer Kleidung, mit seidenen Mänteln und Degen, die Rathsherrn, die Landschreiber und Fürsprecher treffen zu Pferde ein. Dem um Mittag sich in Bewegung setzenden Zuge wird die Landesfahne unter militärischer Escorte und Musik vorgetragen. Zwei Männer in alter Schweizertracht haben große mit Silber beschlagene Büffelhörner auf den Achseln; daran reihen sich zwei Bediente mit den Landsgemeindeprotocollen, dem Landbuch und anderen Gesetzen und einem schwarz und gelben Sammtbeutel, der die Siegel und die Schlüssel zu den Archiven enthält. Der Großweibel in einer schwarz und gelben Toga alter Form trägt den Stab mit dem Reichsapfel, über welchem noch sehr sinnreich ein kleiner mit dem Pfeil durchbohrter Apfel angebracht ist; der zweite Weibel trägt das mit schwarz und gelben Bändern umwundene richterliche Schwert; die übrigen Weibel und Läufer in Mänteln von der schwarz und gelben Landesfarbe folgen. Hinter dieser Vorhut erscheinen die berittenen Beamten und daran schließt sich die Menge des Volkes, so daß der Zug, der sich nun nach Bözlingen in Bewegung setzt, wo das Volk aus den höheren Gegenden schon eingetroffen ist, sich recht stattlich ausnimmt.

Nach einer Pause von einigen Minuten, wie Lusser berichtet, während welcher auf dem Hügel über dem Landsgemeindeplatz die Musik die Arie des alten Tellenliedes spielt, nehmen die Regierungsglieder, die Geistlichen und wer sonst noch gerne sitzt und Platz findet, auf der innersten Bank des aus Balken und Brettern erbauten, sich amphitheatralisch erhebenden Kreises, Landsgemeind-Ring genannt, Platz. Der regierende Landammann stellt sich an den in der Mitte dieses Kreises stehenden Tisch, ihm folgt der erste Landschreiber und zwei Bediente mit Schirmen gegen Sonne oder Regen. Auf dem Tische liegen die Bücher, der Beutel mit den Siegeln und Schlüsseln, das richterliche Schwert und Schreibmaterial, unter demselben die Landeshörner, durch welche zuvor das Volk zum Ring gerufen worden, nebenher auf Trommeln die zusammengewickelte Standesfahne. Die Weibel besteigen eine über dem Ring erhabene Bank und das Volk stellt sich frei und nach Belieben auf die Flügel der kreisförmigen Bühne, oder schwatzt noch in mannigfachen Gruppen außerhalb derselben, bis der Großweibel mit starker Stimme ruft: „Was Räth und Landleut sind, zwanzig Jahr und drüber sind, sollen zusammen an Ring stehen, und das bei ihrem Eid". (Der Eid lautet: „das Wohl des Vaterlandes zu mehren and dessen Schaden zu wenden, zu stimmen und zu handeln".) Nun eröffnet der Landammann (der, wenn er redet, immer steht, sonst aber nach Belieben sitzen oder stehen kann) in kurzen Worten die Versammlung und fordert dann auf, Gott um Beistand und Segen für die Verhandlungen anzurufen, worauf das ganze Volk mit entblößtem Haupte fünf Vaterunser und fünf Ave Maria betet und sich dann wieder bedeckt.

Wenn über einen zur Abstimmung gesetzten Gegenstand verschiedene Ansichten geäußert sind und der Landammann ein betreffendes Resumé gegeben hat, so erfolgt die Abstimmung, das Mehren, in dieser Weise: „Wem also wohlgefällt, daß — — zum Gesetz erhoben sein solle, der hebe die Hand auf!" — „Wem es wohlgefällt, daß — — mit Abänderung (a. b. c.) angenommen sein solle, der hebe da die Hand auf! — „Wem aber wohlgefällt, daß der Antrag verworfen werden und es beim Alten verbleiben solle, der hebe da die Hand auf!" Wenn nach wiederholter Probe das Mehr noch zweifelhaft ist, was um so eher eintreten kann, da oft die aufgehobenen Hände rasch hin und her bewegt werden, so erlangt man durch folgende Procedur ein sicheres Resultat. Zwei Männer von Ansehen treten aus dem Ringe heraus, reichen sich die Hände und halten diese empor, und die Stimmenden müssen einer nach dem andern darunter durchgehen. Auf diese Weise kann die Zählung der für die eine oder andere Ansicht Stimmenden mit Zuverlässigkeit beschafft werden. Der durch das Mehr zum Beschluß erhobene Antrag wird vom Landschreiber protocollirt.

Nach Beendigung dieser Abstimmung giebt der regierende Landammann, an das richterliche Schwert gelehnt, Rechenschaft von den Geschäften und den politischen Verhältnissen des letzten Jahres und legt sein Amt in die Hände des Volks nieder, indem er das Schwert bei den Büchern und Siegeln auf dem Tische deponirt und sich vom Tische weggehend zu den Alt-Landammännern setzt. Hat er das hohe Amt erst ein Jahr bekleidet, so wird er in der Regel für eine zweite Amtsdauer wiedergewählt. Der durch das Handmehr gewählte oder wiedergewählte Landammann tritt an den Tisch und leistet den vom Landschreiber vorgelesenen Eid: „des Landes Ehre und Nutzen zu fördern, Schande, Schaden und Laster zu wenden, vorzubringen was vorzubringen ist, und ein unpartheiischer Richter zu sein und zu richten nach dem Recht dem Armen wie dem Reichen, dem Reichen wie dem Armen, dem Fremden wie dem Einheimischen, und hierum weder Geschenke, Geld noch Geldeswerth zu nehmen, außer dem gewohnten Lohn, auch hierin nicht zu handeln aus Freundschaft noch Feindschaft, noch aus andern Beweggründen, sondern allein nach dem Recht. Alles getreu und ohne Gefährde". Wenn er nun seine Antrittsrede gehalten, liest er den Landsgemeinde-Eid oder Vaterlands-Eid vor und alles Volk spricht denselben mit entblößtem Haupte und aufgehobenen Schwörfingern nach. Dieser Eid lautet: „Des Landes Nutzen und Ehre zu fördern, Schand, Schaden und Laster zu wenden, vorzubringen, was vorzubringen ist, und dem Landammann und seinen Boten gehorsam zu sein und nachzukommen, so oft sie von ihm oder seinen Boten gemahnt und berufen werden, das Recht helfen fördern und das Unrecht unterdrücken, auch den Landammann zu schirmen und Hand zu haben zu Recht. Alles getreu und ohne Gefährde". Es folgt die Berichterstattung des Seckelmeisters über den Zustand der Finanzen und auch dieser Beamte legt sein Amt in die Hände des Volks nieder, wird aber auch gewöhnlich wiedergewählt. Die Landschreiber, die Weibel und andere niedrige Beamte dürfen sich selbst zur Wiederwahl empfehlen.

Die Stimmfähigkeit in der Landsgemeinde beginnt für die jungen Bürger jetzt erst mit dem vollendeten 20. Jahre, früher genügte schon das 14. Jahr. Ausgeschlossen sind die durch gerichtliches Urtheil Entehrten, die durch Urtheil im Activbürgerrecht Eingestellten, die Falliten und Accordanten bis zur gesetzlichen Rehabilitation, Geisteskranke und Blödsinnige, diejenigen, denen der Besuch der Wirthshäuser verboten ist.

Unter den Verhandlungsgegenständen nehmen die Wahlen des Landammanns, Landesstatthalters, Pannerherrn, Landeshauptmanns, Landesseckelmeisters, Bauherrn u. s. w. den Hauptplatz ein und die Betheiligung daran ist eine sehr allgemeine, während von den sonstigen Verhandlungen sich oft manche Bürger entfernen. Sie können auch sich der Abstimmung enthalten oder, wie man zu sagen pflegt, „die Hände im Sack behalten". So erhoben sich in der Maienlandsgemeinde 1862 gegen den Antrag des Straßengesetzes nur wenige Hände und der Antrag wurde doch nur mit einem geringen Mehr angenommen. Ob ein Verhandlungsgegenstand wichtig sei oder nicht, darüber hat das Volk oft seine besondere Meinung. Mit dem Tanzen haben sich Landrath und Landsgemeinde neuerdings mehrfach und angelegentlich beschäftigen müssen. Das Landbuch, überhaupt sehr streng in der Sittenpolizei, hat im Art. 202 eine der jungen Welt sehr lästige Bestimmung: „Das Tanzen nach 9 Uhr Abends, wie auch an Sonn- und Feyertagen und an derselben Vorabenden und an Fasttagen, wie auch an den Markttagen ist bei 10 Gulden Buß für jede Person und den Wirth verboten, wovon dem Angeber der dritte Theil gefolgen soll. Auch ist das übertriebene so wie das allzunahe Walzen bei 10 Gulden Buß verboten". Um die Tanz-Polizeistunde zu beseitigen movirte sich die junge Welt seit fast 20 Jahren in jeder Landsgemeinde, aber vergebens, gegen die Alten und die Geistlichkeit. Als ein völliger Sieg unmöglich schien, wollte jene sich mit der Tanzfreiheit bis 12 Uhr begnügen, fand aber hierin denselben energischen Widerstand, bis nochmals ein Siebengeschlechtsbegehren für die Zugabe der drei Stunden an die letzte Landsgemeinde (1863) gebracht wurde. Zahlreich versammelte sich das souveräne Volk auf dem Kampfplatze. Die Regierung unterstützte das Begehren, aber der bischöfliche Commissarius trat mit einer Rede dagegen auf und wurde vom Alt-Nationalrath Lusser mit Gründen der Moral und Nationalökonomie secundirt. Sechs Redner traten für das Tanzen in die Schranken und wie ernst der Kampf war, zeigt die Mühe, mit welcher ein Resultat erlangt wurde. Erst nach dreimaliger Abstimmung, bei welcher es laut und drohend herging, ergaben sich 671 Stimmen für und 582 gegen das Begehren der Verlängerung der Tanzzeit. Es war das Haupt-Tractandum des Tages gewesen und das weitere Wahlgeschäft verlief sich rasch. Um Mitternacht schaute der Vollmond, sichtbarlich vergnügt auf die vom Tanze heimgehenden jauchzenden Gruppen der Jünglinge und Jungfrauen von Uri herab.

Der Unschuldigen-Kinder-Landrath 1861, d. h. der regelmäßig am 28. December, dem Kindleintage, zu haltende Landrath, erstreckte seine Barmherzigkeit auf lange Zeit mit Unrecht geächtete Thiere aus der geflügelten Welt, indem die in der Verordnung gegen schädliche Vögel festgesetzten Prämien für die Erlegung des Kukuks und des Gimpels (vulgo Bollenpicker) wegerkannt wurden; aber diese Vögel mögen sich des in Uri erworbenen Heimatsrechts freuen und sich nicht verlocken lassen in das benachbarte Nidwalden hinüberzufliegen, denn dort hat das souveräne Volk in einer Landsgemeinde 1862 das Erlegen von Elstern, Krähen und einigen anderen Vögeln von Neuem prämirt. Die Menschen werden gegen die Thiere oft erst menschlich, wenn sie ihren Vortheil dabei sehen, und der in neuester Zeit mit

Zahlen geführte Nachweis von dem Nutzen mancher bisher für schädlich gehaltener Vögel wird diesen eine schöne Zukunft eröffnen, auch in Nidwalden, dessen Laubdächer so einladend sind für Sänger aller Art.

Die Rechtspflege in Uri hat starke Licht- und Schattenseiten und nicht wenige Eigenthümlichkeiten. Zu den formalen Besonderheiten gehört, daß jede Gerichtssitzung mit Anrufung des heiligen Geistes, und durch Abbetung von fünf Vaterunser eröffnet werden soll, nach dem Reglement für die Justizbehörden des Cantons §. 13. (1851.)

In culturgeschichtlicher Beziehung ist der Strafproceß eines Landes immer wichtiger als das Verfahren in Civilsachen. Wenn auch keine vollständige Strafproceßordnung von Uri vorliegt, so läßt sich doch aus dem vorhandenen Material erkennen, daß das dortige Strafverfahren der modernen Anschauung noch recht fern ist und daß dessen Färbung als Grau in Grau bezeichnet werden kann. Den Urnern ist die Unvollkommenheit ihres Strafprocesses nicht unbekannt und es sind auch bereits Motionen zu einer gründlichen Reform desselben gestellt, aber sehr richtig ist im Landrath die Ansicht geltend gemacht, daß das materielle und formelle Strafrecht zu gleicher Zeit umzugestalten sei, da beide sich gegenseitig bedingen. Zu dem Zwecke wurde vom Landrath nach einem regierungsräthlichen Antrage einer Commission der Auftrag ertheilt, ein Strafgesetz und in Verbindung mit demselben ein Gesetz über das Strafverfahren zu entwerfen (1860.)

In dem Reglement für das Verhöramt (1842) lesen wir §. 6: „Das Verhöramt ist bevollmächtigt, den Inquisiten im Läugnungsfalle bis auf drei Tage, in jeder Woche, an die magere Kost zu verordnen und bis 10 Stockstreiche auf das Mal durch den Bettelvogt anzuwenden. Wenn man jedoch in den Zwangsmaßnahmen dieses Maß zu überschreiten nöthig fände, so sollen die weitern Vollmachten beim Rathe eingeholt werden". Worin die das Normalmaß überschreitenden Zwangsmaßnahmen bestehen können, erfahren wir nicht, es ist das eben ein Kautschukbegriff. Belehrung gibt uns darüber ein Straffall aus neuester Zeit, der zwar was Verbrechen und Verbrecher betrifft viele seines Gleichen hat und dessen psychologische Momente nicht erheblich sind, aus dem wir aber den Gang eines Criminalverfahrens in erschwerten Fällen nach der Praxis von Uri erkennen können.

Caspar Zurfluh, 25 Jahr alt, aus einer nicht gut beleumdeten Familie in der Gemeinde Gurtnellen, hatte ein bedeutend älteres Mädchen, mit dem er sich so weit eingelassen, daß er sie zu heiraten moralisch gezwungen gewesen wäre, in grausamer Weise ermordet Nachdem der Verdacht sogleich auf ihn gefallen war, setzte er den gegen ihn sprechenden starken Anzeigen der That das Läugnen gegenüber, bis der oben genannte §. 6 gegen ihn in Anwendung gebracht war. Ein Berichterstatter in der Schwyzer-Zeitung meldete: „Was vielwöchige Gefangenschaft und mehrmalige Confrontationen und was selbst schmale Kost (Wasser und Brot) bei dem rohen Verbrecher nicht vermochten, das gelang durch die in jüngster Zeit gegen denselben in Anwendung gebrachten territiones reales. Diese Argumenta ad hominem haben auch in diesem traurigen Falle ihre alte Wirksamkeit bewährt". Der Ausdruck Real-Territion ist hier wohl nicht ganz in dem Sinne der älteren deutschen Criminalisten zu nehmen, bei denen sie schon der Anfang wirklicher Tortur war, im Gegensatz zu der Verbal-Territion oder Drohung mit der Folter. Wenn die erstere Territion beliebt wurde, legte der Henker die Folterwerkzeuge vor den Augen des Inquisiten zurecht, entkleidete ihn, setzte ihm die Daumschrauben an, drückte diese auch schon ein wenig u. dgl. So etwas kam in Altorf nicht vor, sondern man begnügte sich mit der „uneigentlichen Tortur". Auf Bevollmächtigung des Regierungsraths wurde die magere Kost bis auf 4 Tage in der Woche ausgedehnt und die Ruthenstreiche „wo gehörig" vervielfältigt.

Der Mörder wurde vom Criminalgericht zum Tode durch Enthauptung verurtheilt, appellirte vergebens an das Cantonsgericht (oder Eilfergericht), und ging an den zweifachen Landrath, dem das Recht der Begnadigung und der Umwandlung der Todesstrafe in eine andere Strafe zusteht. Obwohl er keine Aussicht auf Erfolg hatte, indem in Uri die Abneigung gegen die Todesstrafe nicht vorherrschend ist und man der Ansicht huldigt, daß ein noch bestehendes Gesetz (hier Art. 258 des Landbuchs), wenn seine Voraussetzungen vorhanden, auch zu befolgen sei, — erklärte er, er treibe es soweit er könne und dann möge es eben gehen wie es wolle.

Ueber den erwähnten zwiefachen Landrath ist Folgendes zu bemerken. Der (einfache) Landrath besteht aus dem Landammann, als Präsidenten, dem Landesstatthalter, vier Regierungsmitgliedern, dem Präsidenten des Cantonsgerichts und den von den Gemeinden nach ihrer Volkszahl gewählten Mitgliedern (— nach der Volkszählung von 1850 waren es 48 —). Der zwiefache Landrath wird dadurch gebildet, daß für ein jedes Mitglied des Landraths auf gleiche Amtsdauer wie die Mitglieder selbst, ein Mitrath von den betreffenden Gemeinden ernannt wird, für die Regierungsmitglieder aber vom Landrathe. Eine ähnliche Einrichtung für ähnliche Zwecke findet sich in anderen Cantonen der Urschweiz, und wie der Landrath überhaupt Volksvertretung ist, so in potenzirter Weise der zwiefache Landrath.

Als der zwiefache Landrath versammelt war, öffneten sich die Flügelthüren des Rathsaals und, begleitet von einem Welt- und einem Ordensgeistlichen und gefolgt von zwei Landjägern trat der unglückliche Verbrecher, das Bild des gekreuzigten Heilands in den gefalteten Händen tragend, mit todblassem Gesichte, ins Zimmer, in welchem nun zum dritten Mal ihm das Leben abgesprochen werden sollte, knieete neben seinem Vertheidiger nieder und dieser versuchte in längerer Rede Gnade und Milde zu erwecken. Der Begnadigungsantrag ging auf Umwandlung der Todesstrafe in 30jährige Kettenstrafe.

Das Niederknieen des Gnade Bittenden ist alte Sitte und Bestimmung des Reglements für den Landrath (1850) die Begleitung der Geistlichen scheint in Uri eine stumme zu sein, ist aber doch wohl zurückzuführen auf die in anderen Theilen der innern Schweiz noch nicht untergegangene Sitte, daß die Geistlichkeit sich nebst der Familie des vor dem Todesurtheil Stehenden oder zum Tode Verurtheilten am Gnadeflehen bethätigt.

Das Begnadigungsgesuch wurde mit 82 gegen 5 Stimmen verworfen und am folgenden Tage, dem 12. Juni 1861, folgte die Hinrichtung, über welche die Schwyzer-Zeitung eine Mittheilung machte, die uns eine eigenthümliche Sitte vorführt. „Mit dem Schlage der zwölften Stunde öffnete sich die Kerkerthür und der Delinquent begann seinen letzten Gang zum Richtplatze, der eine Viertelstunde ob Altorf gegen Erstfelden liegt. Die Armensünderglocke vom Platzthurme gab diese traurige Kunde mit harten verhallenden Klängen. Unter dem Geleite von zwei Priestern schritt Zurfluh mit gebeugtem bleichem Antlitze, aber festen Trittes einher; ihm folgte die Schaar der barmherzigen Brüder, die dem ganzen schwerfälligen Zuge einen hochernsten Charakter verliehen. Diese Brüder sind mit einer langen schwarzen Soutane bekleidet, die ein kleiner Mantel von gelber Farbe bis zum Ellbogengelenke bedeckt. Das Haupt derselben verhüllt eine schwarze Kapuze, das Angesicht eine schwarze Larve. Die rechte Hand trägt einen die Häupter überragenden Stab, dessen Knopf einen kleinen Todtenschädel bildet. Ein großes Kreuz mit dem Bilde des Erlösers ragt über den Reihen hervor. Das Institut dieser barmherzigen Brüder hat den einzigen Zweck, die letzten Lebensstunden eines zum Tode Verurtheilten mit geistlichen und leiblichen Mitteln der Barmherzigkeit für ein besseres Leben jenseits einzuweihen und den Leichnam des Gerichteten zur Erde zu bestatten. Die Mitglieder sind aus den ersten Familien, darunter viele hohe Beamte".

Als das Haupt gefallen war, bestieg der Pfarrer Elmauthaler von Altorf die Richtstätte und hielt, sichtlich tief ergriffen, aber mit kräftiger Stimme eine Standrede über den Text Galater 6, 7. 8. „Täuschet euch nicht; Gott läßt seiner nicht spotten. Denn was der Mensch säet, das wird er auch ernten. Wer in seinem Fleische säet, der wird vom Fleische Verderben ernten". Nachdem nun noch die große Volksmenge nach Aufforderung des Pfarrers drei Vater Unser und Ave Maria sammt dem christlichen Glaubensbekenntnisse zum Trost und Heil für die Seele des Gerichteten laut gebetet hatte, wurde die Leiche in dem bereitgehaltenen Sarge von der genannten frommen Brüderschaft auf den Friedhof in Altorf gebracht und daselbst in den kühlen Schoß der geweihten Erde gesenkt.

Die genannte Gesellschaft der barmherzigen Brüder, unzweifelhaft eine Nachbildung italienischer Einrichtungen, besteht in Altorf seit 1754 und umfaßt 33 Brüder. Bei Vakanzen findet Cooptation statt. Die Gesellschaft fungirt nicht bloß bei Hinrichtungen, sondern übt in stiller Weise Wohlthätigkeit, aber vor das Publikum tritt sie nur bei solchen traurigen Anlässen. Zwei Brüder sind dann beauftragt um Geld zu Seelenmessen für den Hinzurichtenden zu bitten. Erwähnenswerth ist es, daß Caspar Zurfluh den Wunsch äußerte, es möge ein Theil der Gaben zu Seelenmessen für die Gemordete verwendet werden. Die Erlaubniß den Leichnam des Hingerichteten auf dem Kirchhofe beerdigen zu dürfen, wird von der Brüderschaft vorher bei dem Gerichte ausgewirkt.

Früher wurde dem armen Menschen, der seinen letzten Gang nach Erstfelden antrat, an der Grenze von Altorf bei einer Kapelle, die noch den Namen „Haar-Käppeli" führt, das Haar abgeschnitten. In dem Falle des Caspar Zurfluh war dies schon im Gefängniß geschehen.

Wie das Strafverfahren in Uri manches Eigenthümliche hat, so besteht die Eigenthümlichkeit des materiellen Strafrechts vornemlich darin, daß die Abtheilung des Landbuchs über „Malefiz und Friedbruch" im Vergleich zu modernen Strafgesetzgebungen so außerordentlich kurz ist und so wenig alle vorkommenden Verbrechen und Vergehen behandelt oder auch nur berührt, daß dem weisen Ermessen des Richters der weiteste Spielraum bleibt. Der alte Begriff des Friedbruchs dominirt, so daß die Formen, in denen er auftreten kann, durch gewaltsame Handlungen verschiedener Art, am sorgfältigsten behandelt sind. Schon die Drohung einem Andern an Leib, Leben, Hab und Gut schaden zu wollen, ist mit einer Geldbuße von 10 Gulden zu Handen des Landseckels bedroht; auch soll der Drohende dem Richter angeloben, dem Andern auf keine Art einiges Leid zuzufügen; so er dann aber auf diese Anlobung hin den Andern beschädigen würde, soll er als meineidig angesehen und dafür bestraft werden.

Sehr stark tritt auch im Landbuch die Einbuße der Ehre als Folge der Bestrafung für Verbrechen hervor. Nachdem im Art. 254 ein Catalog der Malefizsachen gegeben ist, heißt es im Art. 256: „Jedes als Malefiz bestrafte Vergehen macht den Schuldigen ehrlos; bei andern Strafurtheilen über Criminalfälle soll allemal erkennt und beigesetzt werden, ob der Bestrafte der Ehre entsetzt sein solle und für wie lange oder aber nicht". Dies ist aber durch ein Erkenntniß der Landsgemeinde 1842 dahin modificirt worden, daß dem Malefiz-Landrathe das Recht vorbehalten bleiben soll, bei den ihm zur Beurtheilung vorkommenden Straffällen, jedes Mal nach Verhältniß des Verbrechens zu bestimmen, nach wie viel Jahren ein solcher Sträfling wieder vor die gleiche Behörde zurückkehren dürfe, um die Rehabilitation nachzusuchen, welche ihm dann unter der Bedingung ertheilt werden möge, wenn der Bestrafte durch Zeugnisse von seiner Ortsbehörde und seinem Seelsorger beweisen könne, daß er sich gebessert und seine Bürger- und Christenpflichten während dieser Zeit getreu erfüllt habe.

Zu den Ehrenstrafen gehört auch das überhaupt in der Schweiz sehr verbreitete Wirthshausverbot, so daß diejenigen, denen der Besuch der Wirths- und Schenkhäuser verboten ist, eben so wenig wie die durch gerichtliches Urtheil Entehrten in der Landsgemeinde stimmen dürfen. Auch von den Schützenfesten sind sie ausgeschlossen. Es ist jenes Verbot eine Ehrenschmälerung, verschieden von der Ehrlosigkeit, und tritt nicht nur ein als Zugabe zu criminellen Strafen, sondern als selbstständiger Bann für liederliche

Leute. Da das Verbot oft übertreten wird, so hat sich die neuere Gesetzgebung von Uri mit diesem Gegenstande in der Art beschäftigt, daß nicht nur solche Personen, wenn sie irgendwo in berauschtem Zustande gesehen oder betroffen werden, in polizeiliche Haft gebracht und darin so lange belassen werden sollen „bis sie wieder nüchtern geworden sind", sondern nach einem Rathserkenntniß von 1849 auch länger. bis auf 48 Stunden, in solcher Haft bleiben und vor der Entlassung nach Umständen mit 12 Ruthenstreichen gezüchtigt werden, ja selbst, unter erschwerenden Umständen, schwerer bestraft werden sollen.

Zur Charakteristik des Strafensystems in Uri mögen einige Fälle dienen, welche zeigen, daß man dort von einer Verschwendung in Ausgaben zur Unterhaltung von Gefangenen, wie in Unterwalden, weit entfernt ist, namentlich wenn der Verbrecher in Uri kein Heimatsrecht hat.

Johann Gisler von Schattdorf, 16 Jahr alt, schon einmal wegen Diebstahl vom Bezirksgericht bestraft, wurde 1860 wegen zweier Diebstähle, die nach dem modernen Strafrecht als erschwerte gelten, vom Criminalgerichte belegt: 1) Mit 5tägiger Gefangenschaft und 30 Ruthenstreichen in 3 Malen, auf den bloßen Rücken, und mit Entsetzung seiner bürgerlichen Rechte und Ehren, jedoch mag er nach Ablauf von 4 Jahren um die Rehabilitation ansuchen. 2) Soll er die Prozeß-, Atzungs- und betreffenden Gerichtskosten bezahlen und das Entwendete wieder ersetzen. 3) Ist ihm während drei Tagen durch einen Geistlichen Religionsunterricht zu ertheilen, und er sodann nach erstandener Gefängnißstrafe der Bezirks-Finanzcommission zur Obsorge zu empfehlen.

Johann Krieg, von Altendorf im Canton Schwyz, 69 Jahr alt, wurde (1862) wegen Diebstahl mit Einbruch, mit $^{1}/_{4}$stündiger Ausstellung durch den Polizeidiener, 6tägiger Gefangenschaft, 20 Ruthenstreichen im verschlossenen Raume, lebenslänglicher Cantonsverweisung und Ehrentsetzung bestraft. — In der Ausstellung ist Variation; die schwerere Art geschieht durch den Scharfrichter. So wurde 1862 Josepha Arnold von Bürglen, ein 24jähriges Mädchen, um 12 Uhr Mittags während einer Viertelstunde durch den Scharfrichter auf dem Lasterstein ausgestellt, mit umgehängter Inschrift „Meineid und Unzucht".

Das Verfahren in bürgerlichen Rechtsstreitigkeiten ist geregelt durch eine Proceßordnung von 1852, die durchweg einen modernen Zuschnitt hat, so daß Strafprozeß und Civilprozeß Jahrhunderte auseinander liegen. Aus alter Zeit herübergenommen sind die s. g. Gassengerichte, wie sie auch von jeher in Schwyz bestanden, die ihren Namen nicht davon hatten, daß sie auf der Gasse gehalten wurden, sondern daß jeder Landmann, der eben über die Gasse daher kam, von dem unter dem Rathhausbogen stehenden Landweibel zum Richten herangezogen wurde und sich dieser Thätigkeit nicht weigern durfte. Der Landweibel recrutirte auf diese Weise 6 Landleute, die dann mit dem Richter das Gericht bildeten. Zweck und Veranlassung dieser Maßregel sind noch in der neuen Civilproceßordnung §. 6. deutlich angegeben: „Als Schiedsgericht ist auch das sogenannte

Gassengericht zu betrachten, wo der Bezirksammann bei Streitigkeiten zwischen Fremden oder zwischen einem Fremden und Einheimischen, wo beide schnellen Entscheid wünschen oder die Sache sonst keinen Verzug erleidet, 6 ehrenwerthe, unpartheiische Männer, die zu erscheinen schuldig sind, zusammenruft und ihnen präsidirt". Blumer erwähnt in seiner Rechtsgeschichte aus Unterwalden die Sitte einer nicht fernliegenden Zeit, daß bei Rechtsstreitigkeiten, wo Gefahr im Verzuge lag, die Parteien dem Landweibel um Einberufung eines Gassengerichts angehen konnten und daß dann der Landweibel nach beendigtem Gottesdienste auf den Dorfplatz von Stans, wo sich Volk angesammelt hatte, heruntergieng und nach freiem Ermessen sieben Urtheiler auswählte, die ihm für den fraglichen Fall durch Sach- und Fachkenntniß besonders geeignet schienen. Der Angesprochene war verpflichtet dem Rufe zu folgen; daher kam es denn aber vor, daß Leute, die weniger Neigung hatten richterliche Functionen auszuüben als sich in üblicher Weise um diese Zeit zu erfrischen, davonschlichen, wenn der Landweibel anrückte.

Der kleine Gegenstand hat ein nicht unbedeutendes rechtshistorisches Interesse, insofern er ein Beleg ist zu der so oft wahrnehmbaren Erscheinung, daß im Rechtsleben der Schweiz sich bis in die Gegenwart oder bis zur Schwelle der Gegenwart Einrichtungen erhalten haben, die früher auf germanischem Boden weiter verbreitet waren. Wir dürfen den Kern jener Einrichtung, wie er noch aus der Civilproceßordnung von Uri hervortritt, darin sehen, daß durchreisende Fremde nicht aufgehalten werden sollten, aber auch ein Einheimischer, der in eine Differenz mit einem Fremden gekommen war, nicht durch die Abreise des Fremden gefährdet werden sollte; Gastgerichte waren daher eine auf deutschem Boden weitverbreitete Einrichtung. Durch Uri ging von jeher die große Straße von Deutschland nach Italien, daher trat das Bedürfniß einer solchen raschen Justizpflege hier besonders hervor.

Uri ist kein reiches Land. Die Alpenwirthschaft nährt einen großen Theil der Bevölkerung zur Genüge und mehr wird nicht begehrt, denn so ist es ja von Altersher gewesen. Aber recht häufig findet man Familien, welche in ärmlichster Hütte, die sich im Skizzenbuch der zeichnenden Engländerin romantisch ausnimmt, als Viehstand eine oder einige Ziegen haben und deren regelmäßige Nahrung im Sommer Ziegenmilch und Mehlbrei, im Winter Mehlbrei, Zieger und Erdäpfel bilden, denen Brot eine Delicatesse ist und die im ganzen Jahr Fleisch nur mit Thränen essen, wenn sie das Unglück gehabt haben, daß eine junge Ziege vom Felsabhange gefallen ist. Die Ziegen sind oft die Ernährer der armen Menschen, nicht bloß hier, sondern auch in anderen Theilen der Schweiz, und da kann es einem Leid thun, wenn man sie aus einem freilich von anderer Seite triftigen Grunde, weil sie die jungen Bäume annagen und vernichten, in ihrer freien Bewegung beschränken will. Aus dem Bannwalde von Altorf, der für den Ort eine Lebensbedingung ist, sind sie „als dem Nachwuchse des jungen Waldes vorzüglich schädlich“ bei bedeutender Geldbuße verbannt. Ich lächelte ungläubig, als mir einst mein alter College Schinz, wegen seiner Verdienste um die Ornithologie Vogel-Schinz genannt, erzählte, daß in der Schweiz die Ziegen besonders Schuld seien an dem Schaden, den die Lawinen anrichteten, und ich hielt das für einen Ausdruck seiner Antipathie gegen die vierbeinigen Creaturen, aber ich bitte ihm nach seinem seligen Hinscheiden mein Lächeln ab, seit ich erfahren habe, was in Uri ein Bannwald bedeutet. In Gersau sind die Ziegen aus den Holzschlägen gänzlich geächtet und in Chur hat sich sogar kürzlich ein Antiziegenverein gebildet. In Glarus erheben aber die armen Leute ein großes Geschrei, wenn davon die Rede ist, ihre Ziegen, die einen so nothwendigen Bestandtheil ihres Hausstandes bilden, die „Kühe der Armen“, in den Bann zu thun.

Die Urner suchen und finden in ihren Bergen zwar Schätze in der Form von Bergkrystallen verschiedener Farbe, verkaufen diese auch, namentlich an Engländer, zu hohen Preisen, wenn man aber das Verhältniß von Zeit und Arbeit zu dem Ertrage genauer ansieht, so ist das Krystallsuchen im Allgemeinen der Gemsjagd ähnlich, auch ist es wie diese mit Lebensgefahr verbunden. Oft wird lange Zeit vergeblich gesucht und gegraben und wenn dann aus dem Schlamm des Berginnern das Gesuchte herausgebracht ist, so fehlt weit umher das Wasser, um die schmutzigen Stücke abzuwaschen und zu ermitteln, ob sie einen Werth haben. Die Goldklumpen, welche oft in den Bergen, besonders dem Bristen, gefunden sein sollen, gehören dem an die Märchenwelt grenzenden Gebiete an und sind mit den Märchen nur noch in den Erzählungen einiger Großmütter und in dem Glauben der Kinder vorhanden. Uri ist durch sie kein Eldorado geworden.

Die Anwohner der Gotthardsstraße haben nun zwar als Fuhrleute, Wirthe und Spediteurs einen sichern Erwerb, aber Thatsache ist, daß Uri viele Arme und Unterstützungsbedürftige zählt. Dennoch bin ich in Uri, abgesehen vom Seelisberge, wo halberwachsene gutgekleidete Knaben sich nicht scheuen, um Geld für Taback zu bitten, nur selten angebettelt worden, während bekanntlich in manchen Gegenden der Schweiz die Bettelei recht systematisch betrieben wird. Ein hübsches Stück aus diesem System ist es, was mir ein Mann erzählte, der vor mehreren Jahren sich die Hauptkirche in Schwyz hatte besehen wollen. Als er eben eingetreten war, kam ein älterer Mann und bat um eine Gabe. Auf die Frage des Fremden an den Bettler, wer er sei und was er treibe, antwortete dieser: „i bi z' Schwyz im Zuchthus."

In Uri wurde dem Armenwesen seit lange große Sorgfalt gewidmet und in dieser Richtung ist zunächst die Einrichtung der „Verwandschaftsteuern" sehr bemerkenswerth. Die natürliche Pflicht der Familien dem Hülfsbedürftigen aus ihrer Mitte die zur Existenz nothwendige Unterstützung zu geben, ist von der Gesetzgebung insoweit berührt, als diese die Verwandschaftsgrenze näher bestimmt. Nach dem

Landbuch sollen vaterlose Kinder oder solche, die der Vater wegen eigner Presthaftigkeit nicht erhalten kann, oder auch andere gebrechliche alte, kranke, ihren Unterhalt zu erwerben ganz unvermögende Personen, von ihrer Verwandschaft genährt, erzogen oder verpflegt werden und zwar soll stets der nächste Verwandschaftsgrad väterlicher Seite eintreten, falls aber dieser dazu nicht vermöglich ist, von Grad zu Grad weiter gegriffen werden. Erst mit dem fünften Grade der väterlichen Verwandschaft kommt die mütterliche Verwandschaft an die Reihe. Die neuere Gesetzgebung hat zu Gunsten der Familie die Armenpflege der Gemeinden stärker in Anspruch genommen, indem die Verwandschaftssteuern nur bis und mit dem ersten und zweiten Grade der väterlichen Verwandschaft fortbestehen, sodann die Gemeinden eintreten. Die Armenpflegen der Gemeinden sollen sorgen, daß alle Armen, auch Wittwen und Waisen, Allmendgärten bekommen; auch ist jede Pflege berechtigt, 24 Bäume auf die Allmend zu setzen, die ihr so lange zu eigen bleiben, als sie dieselben recht und gehörig unterhält, im andern Falle dann gemeine Allmendbäume werden. Den Armenpflegen ist auch ein Strafrecht eingeräumt, bestehend in Einsperrung bei Wasser und Brot von 24 bis 48 Stunden, die zu körperlicher Züchtigung verschärft werden kann. Dieses Strafrecht ist anwendbar gegen diejenigen, welche die Armenpflege mißbrauchen, unehrerbietig gegen die Pflege sich benehmen oder mit Lug und Trug umgehen und gegen die, welche dem Gassenbettel ohne Noth sich ergeben, ferner gegen die, welche den Religionsunterricht, die Predigt und Christenlehre vernachlässigen und gegen liederliche Hausväter, die den verdienten Pfennig im Wirthshause durchjagen und die Ihrigen bei Hause gewissenlos schmachten lassen. So bestimmt das Landbuch Art. 109.

Die genannte Verwandschaftssteuer, ein Gegenstück zum Erbrecht, und das Fortrücken der Unterstützungspflicht von der Familie zur Gemeinde, öffnet uns eine Einsicht in das Verhältniß von Familie, Gemeinde und Staat. Die Familie, in welcher und durch welche der Einzelne seinen Werth hat, der er mit Rechten und Pflichten angehört, bildet die natürliche Grundlage des Staats und sie erscheint als solche in der innern Schweiz deutlicher als in Ländern feinster Staatsorganisation. Die Familie erweitert sich zum Geschlecht, dem noch der gemeinschaftliche Name Zeichen der Verwandschaft ist. Das Zusammenwohnen der verschiedenen Familien und Geschlechter, die Nachbarschaft, ist ein anderes, auch natürliches Band und die Gemeinden haben in der Schweiz eine so feste staatsähnliche Organisation, daß sie sichtbarlich die Brücke von der Familie zum Staat bilden. In der Tüchtigkeit des Gemeindewesens ruht die Kraft der Schweiz und alle Schwankungen in den verschiedenen Kreisen des politischen Lebens vermögen nicht diese Grundfeste zu erschüttern. Würde auch einmal die Regierung eines Cantons — was Gott verhüten wolle, — vom Winde entführt, der Staat würde deshalb nicht zusammenbrechen, sondern in den Gemeinden seine Bewahrung haben. Wie sehr die Schweizer es wissen, was ihnen die Gemeinde ist, das zeigt ihr Festhalten an dem Gemeindebürgerrecht der Heimat, wohin sie auch in den beiden Hemisphären verschlagen werden; das zeigt die jahrhundertlange Seßhaftigkeit der Familien und Geschlechter in denselben Gemeinden. Hört man den Namen Zwicky, so weiß man, daß er nach Glarus und speciell nach Mollis hinweis't, Kamenzind muß von Gersau sein, Lusser von Altorf, Elsinger ist von Menzingen, Merian von Basel, Escher von Zürich. Eine ganz eigenthümliche Erscheinung bietet Unter-Aegeri im Canton Zug. Wie Adam Mensch heißt, so ist dort Iten fast gleichbedeutend mit Mensch. Wenn ein Geschichtsfreund, der Morgarten aufsuchen will, Unter-Aegeri passirt, so kann er getrost den beiden Holzsägern neben dem Wege zurufen: „Herr Iten, ist dies der Weg nach Morgarten?", denn einer der Beiden ist unfehlbar oder nach der Wahrscheinlichkeitsrechnung ein Iten, da von den 2423 Bürgern der Gemeinde der Clan Iten die Hälfte umfaßt, ich möchte fast glauben noch mehr, da die schätzbaren Bekanntschaften, drei an der Zahl, die ich mit Männern aus Unter-Aegeri machen konnte, alle den Namen Iten tragen. Es erinnert mich das an eine kleine Geschichte aus Livland. In dem Theile dieses Landes, dessen Bauern Letten sind, war ein Deutscher bei einem Gutsbesitzer zum Besuch und fuhr eines Tages mit demselben über sein großes Feldgebiet. Es wunderte den Fremden, daß der Gutsherr jeden von den im Felde arbeitenden Bauern, dem er etwas aufzutragen hatte, mit Claus anredete. Heißen hier denn alle Bauern Claus? fragte jener. Jawohl, erwiederte der Gutsherr, und als der Fremde noch einen Zweifel darüber in seinem Gesichte ausdrückte, erbot der Gutsherr sich zum Beweise und rief jeden Bauern, in dessen Nähe sie kamen, mit Claus an und jeder Bauer hörte auf diesen Namen und zog devot vor dem gnädigen Herrn die Mütze ab. Das lettische „Claus" ist aber doch kein Name, sondern bedeutet: Höre!

Um den Gattungsbegriff Iten in Unter-Aegeri zu einem brauchbaren Namen zu gestalten, könnte man nun einige Vornamen oder Personennamen davorsetzen, wie Franz Karli, allein da die Zahl der gangbaren Vornamen beschränkt ist, würde dieß nicht genügend vor Verwechselungen schützen, man läßt daher im mündlichen Verkehr den Geschlechtsnamen Iten als sich so ziemlich von selbst verstehend ganz weg und individualisirt durch andere Operationen. Sehr gewöhnlich wird der Hofname vorangestellt: Obermatt Karli, Obermatt Karli Xaveri, Obermatt Karli Xaveri's Thomas, oder man sagt: der alt Franz Karli und von dessen Sohn: s' alten Franz Karli's Hanesseb, von dessen Enkel: s' Franz Karli Hanessebs Gängel (Wolfgang). Oft dominirt die Bezeichnung des Geschäfts z. B. der alt Buchbinder und der Buchbinder Hanes, der Nagler Peter. Bei weniger großen Geschlechtern wird der Geschlechtsname verwendet und entweder der Hofname vorangesetzt, wie: Bogenmatt-Merz, Fischmatt-Merz, oder es wird die Beschaffenheit des Körpers betont: Groß-Merz, Dürr-Merz, oder die Profession: Schuster-Merz.

Wer in Unter-Aegeri verweilt, wird bald auf einen Namen aufmerksam, den jedermann mit Emphase nennt: Schmied's-Wolfgang. Und wer ist denn Schmied's Wolfgang? Es ist der Nationalrath Henggeler, auch Großrath des Cantons Zürich, aber in seiner Heimatsgemeinde Unter-Aegeri, deren Stolz und Wohlthäter er ist, trägt er noch den heimischen Namen seiner Kindheit. Als Mühlenmacher zog er mit Ranzen und Stock in die Welt hinaus und zeigte bald, was ein junger Mann, der Energie mit Talent verbindet, aus sich machen kann. Jetzt ist er der erste Industrielle des Cantons Zug und steht auch im Canton Zürich im größten Ansehen.

Meine Leser mögen diese kleine Abschweifung von Uri weg entschuldigen, die ich mir erlaubte, um anzudeuten, daß es eine sehr dankbare Aufgabe für einen Sprachforscher oder Sprachphilosophen sein würde, der Genesis der Personennamen nachzugehen. Eine Vergleichung der verschiedenen Cantone der Schweiz und eine Ausdehnung der Untersuchung auf die Landschaften von Nord- und Süddeutschland in dieser Beziehung würde unzweifelhaft auf gleiche und ungleiche Entwicklungsgesetze führen.

Zur Characteristik Uri's dient auch ein strenges Sittenmandat vom Jahre 1860 „zur Vermehrung der Ehre Gottes, Abschaffung schädlicher Mißbräuche, Handhabung guter Ordnung und besserer Beobachtung der Gesetze". In dasselbe sind die einschlägigen Bestimmungen des Landbuchs aufgenommen und mit neueren Anordnungen zu einem Ganzen vereinigt. Es soll alljährlich in den Gemeinden verlesen werden.

Das Mandat beginnt mit der Einschärfung eines regelmäßigen Kirchenbesuchs und einer christlichen Sonntagsfeier und geht dann auf den Schulbesuch und ähnliche Gegenstände über. Bei dem Gottesdienst, so wie vor der Obrigkeit und bei Landesversammlungen soll jedermann in gehörig anständiger Kleidung erscheinen; „beinebens sind sowol Manns- als Weibspersonen jeden Standes nachdrucksamst gemahnt, sich standesmäßig in Gebühr und Ehrbarkeit zu bekleiden und alle unanständige und für ihren Stand zu kostspielige Kleidung zu vermeiden". Die Polizeistunde (10 Uhr) ist eingeschärft, doch sind zweckdienliche Ausnahmen gestattet. Für die Nachtruhe ist in eigenthümlicher Form Vorkehrung getroffen: „Das leichtfertige Redverkehren, ungebührliche Jolereien, Licht auslöschen, sich niederbücken und alle andern dergleichen Unfugen und Lärmereien zur Nachtzeit sind bei Fr. 23, schwere Bubereien und Unfugen, als Thüren und Fenster einschlagen und andere solche sträfliche Handlungen bei Fr. 46 Buße verboten; in schweren Fällen dieser Art ist der Thäter noch schärfer, allenfalls mit Gefangenschaft und körperlicher Züchtigung zu bestrafen". Sowol den Landleuten als den Fremden ist befohlen, Frieden zu bieten und Frieden aufzunehmen und nach Möglichkeit dahin zu wirken, daß es nicht zu Schlägen und Thätlichkeiten komme. Maskeraden sind in gehörige Grenzen gewiesen und das schon erwähnte strenge Tanzreglement des Landbuchs ist wieder eingeschärft. Aber auch für die Gesundheit des durstigen Publikums ist gesorgt. Es soll keinerlei schlechtes oder unwerthschaftes

Getränk bei Fr. 46 Buße ausgewirthet werden und dem Kläger soll die Hälfte dieser Buße zukommen. Jede Gattung Wein soll nur mit gleicher zugefüllt werden. (Die Verlängerung mit Wasser ist also ganz außer Frage, aber es soll auch, wie es in einem alten Weisthum heißt, ein einschmeckender, aufrichtiger Wein sein). Die Wirthe sollen niemandem mehr als für Fr. 4 auf Borg oder Ding geben.

Noch vieles mehr ist verboten; ich möchte glauben zu viel, so daß das Sittenmandat, welches die guten Sitten fördern soll, die schlechte Sitte täglicher Gesetzesübertretung hervorruft. Interessant müßte ein Jahresbericht über die in Folge des Sittenmandats fällig gewordenen Bußen sein, die trotz den vielen Uebertretungen schwerlich eine bedeutende Höhe erreichen, obgleich überall die Hälfte dem Angeber in Aussicht gestellt wird. Aber eben dieser letztere Punkt ist wieder sehr bedenklich. Uri ist kein Polizeistaat; es hat keine mit Argusaugen spürende Polizei, daher darf den Bürgern zugemuthet werden, daß sie selbst in wohlfahrtspolizeilicher Richtung thätig seien, aber nur so weit das öffentliche Wohl nach allgemeinem Bewußtsein durch Handlungen bedroht ist; derartig sind jedoch durchaus nicht alle in dem Mandat gesetzten Uebertretungen und daher wird bei einem mit gesundem Rechtssinn begabten Volke der Reiz zur Angeberei nicht groß sein. Nehmen wir beispielsweise den Art. 7 des Sittenmandats, der mit großer Strenge die Glücksspiele verfolgt und in die Drohung ausläuft: „Das Flißlen und Oberlanden, das Roulett und Würfelspiel, sowie andere bietende Spiele sind bei Fr. 176 Strafe verboten" und hinzugesetzt ist: „von allen diesen Bußen soll der halbe Theil dem Kläger zukommen". Da das Würfelspiel überhaupt hier verboten ist, so muß es nach dem Buchstaben des Gesetzes auch das in der Schweiz sehr gewöhnliche Würfeln um die Zeche, etwa einer gemeinschaftlich getrunkenen Maaß Wein sein. Wenn das Gesetz sich darauf nicht beziehen soll, ist es nicht gut redigirt. Wie nun aber, wenn man dem ganzen Art. 7. die berüchtigte urner Lotterie gegenüberhält? Die schweizerische gemeinnützige Gesellschaft, welche im September 1862 in Sarnen (Obwalden) ihre Jahresversammlung hielt, hat sich sehr einläßlich mit den Glücksspielen in der Schweiz, ihren nationalökonomischen und sittlichen Folgen, sowie den Mitteln zu ihrer Beseitigung beschäftigt. Das umfassende ausgezeichnete Referat des Doctor Etlin, Statthalters von Obwalden, ist seitdem auch in einer Volksausgabe im Druck erschienen und wird durch die energische Behandlung der Sache ohne Zweifel Segen stiften. Da haben wir denn auch Genaueres über die in öffentlichen Blättern schon oft gegeißelte Urner Lotterie erfahren.

Im Jahr 1803 kam man auf den Gedanken der Errichtung einer Lotterie zum Besten der Armen. Ein gewisser Flüeler aus Stans, in Altorf wohnend, unternahm mit vieler Mühe und unter Beihülfe einiger Freunde uneigennützig die Errichtung der Urner Lotterie „ausschließlich zum Besten der Armen" und die Regierung ertheilte derselben die hochobrigkeitliche Bewilligung und Garantie. Darauf wurde die Lotterie gegen eine jährliche Pachtsumme von

130 Gulden vergeben, welche Summe dann auf 390 Gulden und weiter auf 7200 Franken stieg, die theils an die Central-Armenpflege, theils in die Urnerische Staatskasse fallen. Gleichmäßig steigerte sich das garantirte Spielkapital, das jetzt laut Plan jährlich 3 Millionen übersteigt. An der Spitze des Planes steht immer noch „zum Besten der Armen“; das Referat ergänzt aber: „Unwillkürlich läßt sich hinzudenken, um im eigenen und andern Cantonen die Zahl der Armen und Bettler zu vermehren, denn die Armen erhalten jährlich von allen Gewinnsten nur wenige Tausend Fränklein, während die Besitzer mit ihrer Lotterie zum Besten der Armen lordreiche Leute geworden sind“. Die genaue Berechnung eines deutschen in der Schweiz lebenden Statistikers hat das überraschende Facit geliefert, daß der jährliche Profit der Unternehmer der Urner Lotterie 646,918 Franken sei, oder richtiger formulirt, daß diese Lotterie das Publikum alljährlich mit dieser Summe besteure. Auf die Frage, welchen Beitrag das Institut an den Staats- oder Gemeindehaushalt leiste, lautet die Antwort, daß jene Pachtsumme von 7200 Franken auf die Bevölkerung von 14,800 Einwohnern Uri's vertheilt für jeden Einwohner 48 Centimes ergiebt. In der Sitzung der gemeinnützigen Gesellschaft kam es zu einer lebhaften Discussion; die Vertheidiger der Lotterien, die denn doch ehrlich genug waren es nur halb zu sein, wollten die Richtigkeit jener Berechnung nicht zugeben und kamen auch wieder darauf zurück, daß die Lotterien in Uri wie in Schwyz zum Besten der Armen errichtet seien. Es mußte den Zuhörern

dabei der H. Crispinus einfallen, von dem aber doch nicht bekannt ist, daß er aus dem entfremdeten Leder auch sich selbst Schuhe gemacht habe.

Wenn man den Geldlotterien in der Schweiz und den noch weit schlimmeren Spielhöllen in Genf (Cercle des étrangers) und Saxon im Canton Wallis gegenüberstellt, daß 1518 in Schwyz jedes andere Glücksspiel außer um Nüsse und Nidel (Rahm, Sahne, Schmant) bei 5 Pfund Buße verboten und dieser Artikel dann dahin geändert wurde, daß man spielen möge um Nidel oder bis um 5 Schillinge, so haben wir zwei extreme Zeitbilder.

Der Kampf der gemeinnützigen Gesellschaft gegen die Lotterien ist schon in erfreulicher Weise von der Seite aufgenommen, die den Sieg bringen muß, vom Volke selbst. Der Landrath von Nidwalden hat seit 1818 den Directionen der Lotterien von Uri und Schwyz die Ausgabe von Billets in Nidwalden gegen eine Leistung an die Staatskasse, die zuletzt 200 Franken für jede Ziehung betrug, gestattet und neuestens gegen eine Summe von 1000 Franken wieder bewilligt, um aber die öffentliche Meinung zu beschwichtigen, beschlossen, einen Theil der Summe unter die Gemeinden zu vertheilen. Dagegen faßte die sehr zahlreich besuchte Gemeindeversammlung von Beckenried am 3. Mai 1863 fast einstimmig den Beschluß: der wohlweise Landrath möge dieses Blutgeld für sich behalten, die Gemeinde Beckenried weise ein solches Geschenk entschieden zurück. Wenn das schweizerische Volk auf dieser Bahn fortschreitet, so hat ohne Zweifel die nationalökonomische Behandlung der Sache in dem genannten Referat die Augen geöffnet und der Satz, daß Zahlen die Welt regieren, kann sich hier bewähren, wie oft auch sonst die Nationalökonomen mit Zahlen Blendwerk machen. Wenn die in Beckenried gewurzelte Ansicht allgemeiner wird, so läßt sich hoffen, daß die Sparkassen in demselben Grade aufblühen als die Lotterien zurücksinken. Dieses Verhältniß scheint mir das richtige zu sein; dagegen kann ich nicht, wie es in der gemeinnützigen Gesellschaft geschehen ist, viel Gewicht legen auf die Einrichtung der Sparkassen als eines Hauptmittels zur Beseitigung der Spiellust. So lange diese eine Leidenschaft ist, bleibt das Vernünftige unbeachtet, wenn ihr aber ihr eigenes Zerrbild im Spiegel vorgehalten wird und ihr Unsinn in der Zahlenpotenz auftritt, so läßt sich auf Umkehr rechnen.

Das Leben eines katholischen Pfarrers in einsamer romantischer Berggegend kann bei den geringen Ansprüchen nach Außen, die ein solcher Geistlicher haben soll, wie ein ruhiger klarer Bach dahinfließen und mag denen, die in dem Kampfe des Lebens ringen und nach unerreichbaren Zielen streben, in seiner Abgeschlossenheit und Beschaulichkeit auch beneidenswerth erscheinen; aber der ruhige Bach war vielleicht vor Kurzem noch ein schäumender Bergstrom, der sich durchkämpfen mußte, um am Ende in ebener Ruhe sich zu verlaufen. So war das Leben des Mannes, von dem ich erzählen will, nur daß er in der Ruhe seiner letzten

Lebensperiode nicht mit vorgeschriebener mechanischer Amtsverrichtung sich begnügte, sondern im kleinen Kreise wie ein guter Vater unter seinen Kindern wirkte und in seiner stillen Klause die Accorde eines früheren regen geistigen Lebens nachklingen ließ.

Als Geißbub in Spiringen, dem Pfarrdorfe im Schächenthal, hatte Florian Arnold eine Jugend gehabt wie viele seiner Altersgenossen in den Gegenden der Viehzucht und Alpenwirthschaft. In dem nicht kurzen Winter konnte er einigen Schulunterricht genießen, der mit der dumpfen Schulzimmerluft ganz harmonirte, sich aber durch ein strenges Regiment auf die Höhe des besten Polizeistaates erhob, indem der Schulmeister davon ausging, daß ein junger Schweizer, der berufen sei künftig einen Bestandtheil des souveränen Volkes zu bilden, zuerst lernen müsse zu gehorchen und daß in der Entwickelungsgeschichte der Menschheit die Monarchie nothwendig der Republik vorangehe. Stock und Zepter hatten für ihn keinen qualitativen Unterschied. Im Sommer führte Florian das Zepter, wenn er seine Ziegen auf die Höhen trieb, machte aber oft die Erfahrung, daß der Eigenwille, den der Schulmeister im Winter als die Erbsünde der Menschen bezeichnete und zu bannen suchte, auch den Ziegen im Sommer angeboren sei. Dennoch liebte er seine Heerde und unverdrossen, oft mit Lebensgefahr, erklomm er mit den hochstrebenden Thieren die Felswände oberhalb der Bergwiesen und nicht selten stieß er auf Gemsen, die verwundert waren über die Eindringlinge in ihr Felsenreich.

Das Leben eines Geißbuben erscheint einförmig und ist doch wechselvoll. Wenn er an einem guten Weideplatze mit seinen Thieren angekommen ist, so mag er sich auf den Rücken legen und in die blaue Luft schauen, mag auch schwärmen, wenn ihn die Natur dazu begabt hat, aber er darf doch seine Heerde nicht lange aus den Augen lassen, denn die jungen Ziegen sind leichtfertige tollkühne Geschöpfe und wenn eins derselben von einem Felsabhange herabstürzt, so kann der arme Geißbub mit Sicherheit darauf rechnen, daß am Abend ein anderer Stab als sein Herrscherstab das Regiment führen werde. Auch die da oben ungemein veränderliche Witterung nöthigt ihn immer auf seiner Hut zu sein. Plötzlich dringt ein eisiger Wind von den Gletschern und Firnen auf ihn ein oder er ist in eine Wolke gehüllt, welche ihren ganzen Wasservorrath auf das arme Menschenkind ausschüttet, das im glücklichsten Falle in einer Felsspalte ein Obdach findet, aber auch dort von der Sorge um seine Heerde geängstigt wird. In der einfachsten Nahrung ist dagegen wenig Abwechselung.

Florian theilte die Freuden und Leiden des Hirtenstandes mehrere Sommer. Sein Körper wurde dabei gekräftigt und auch die geistige Entwickelung stand nicht still. In dem reichen Garten der Gebirgswelt trieb er in seiner Weise Botanik und Pflanzenphysiologie und beim täglichen Anblick der Klariden und des Scheerhorns formte er sich seine Schöpfungsgeschichte und wurde Naturphilosoph. Fand sich ein Genosse zu ihm, so wußte er die Sagen, die einen so wichtigen Theil der Glaubenslehre der Bergbewohner bilden, anmuthig zu erzählen. Vor Allem gehört in dieser Gegend dahin die Sage von der Vergletscherung der Klariden. Einst waren die Höhen grasreiche Alpen, als aber ein übermüthiger Hirt seine Mutter hungern ließ, während er die Geliebte verschwenderisch bewirthete und sogar den Weg zur Sennhütte für diese mit Käsen pflasterte, da verwünschte ihn die Mutter und die Folge war, daß Hütte und Alp versanken und Schnee und Eis alle Höhen bedeckten. Dem berühmten Naturforscher Scheuchzer von Zürich, der im Jahr 1705 ins Schächenthal kam, erzählte der dortige Pfarrer, er habe als Knabe die Stelle aufgesucht, wo die Sennhütte gestanden und unbesonnener Weise den vom Berge verschlungenen Sennen beim Namen gerufen, da sei ein solches Beben der Erde entstanden, daß er von den hin und her rollenden Steinen beinahe wäre erschlagen worden. Merkwürdiger Weise entbehrt ein anderer bei den dortigen Aelplern von Mund zu Mund gehender Glaube, daß man auf der benachbarten glarnerischen oberen Sandalp von den himmelanreichenden Höhen Sphärenmusik hören könne, nicht alles Grundes. Ein angesehener zuverlässiger Züricher erstieg vor mehreren Jahren bei starkem Winde von der Sandalp aus den Zutreibestock und vernahm plötzlich Töne wie von einer großen Aeolsharfe. Seine Untersuchung ergab, daß der Wind in die lose auf einander geschichteten Schieferplatten blies und dadurch die wunderbaren Töne hervorbrachte.

Florian hatte einen kindlichen Glauben und ein poetisches Gemüth, welches alle diese Sagen nicht nur erfaßte, sondern auch verschönerte. Das erschien zwar den Großmüttern im Dorfe, den eigentlichen Trägern der Sage, undogmatisch, aber der Ruf seiner besondern Begabung war begründet und als er das zwölfte Lebensjahr vollendet hatte, entstand bei seiner Familie die ernste Frage nach dem künftigen Lebensberufe Aelpler oder Pfarrer? nur so konnte die Frage lauten. Für den geistlichen Beruf trat zunächst der Schulmeister als Fürsprecher auf, indem er erklärte, Florian könne zwar bei ihm noch vieles lernen, aber er passe nicht mehr unter die übrigen Dorfkinder; die Saat, welche unter seiner Pflege so trefflich aufgegangen sei, müsse reifen zu schöner Frucht und folglich müsse Florian Pfarrer werden. So sprach der Lehrer mit Würde und Florians Mutter war von der Richtigkeit seiner Ansicht so überzeugt, daß die Männer der Familie es bald aufgaben sich dagegen zu erheben. Florians Vater mußte zum Pfarrer, dessen Zustimmung und Vermittelung nothwendig war und fand hier ein williges Ohr, denn die Kirche hat Raum für viele Diener und der Pfarrer kannte den Satz, daß der Herr sich aus armer Leute Kindern die Stützen seines Tempels nehmen wolle. Die Ausführung des Plans stieß zwar auf eine Schwierigkeit, als sich ergab, daß die urner Freiplätze im Collegium Borromeum, dem bischöflichen Seminar in Mailand, besetzt waren, aber der Pfarrer, der auch bereitwillig ein Jahr lang den Florian in die classischen Studien einführte, hatte einen befreundeten Amtsbruder in Graubünden, durch den es ermöglicht wurde, daß Florian einen graubündner Freiplatz in Mailand erhielt.

Ein vormaliger schweizerischer Geißbub war zwar im Collegium Borromeum keine ganz neue Erscheinung, zog aber immer die ihm nicht grade erfreuliche besondere Aufmerksamkeit der eingeschulten Seminaristen auf sich. Dem armen Florian, der ohnedies an dem jedem Schweizer natürlichen Heimweh stark litt, verleidete dies seinen Aufenthalt in Mailand anfangs gar sehr, aber er fand eine Stütze an einem Urner Landsmann, der ihn nicht bloß damit vertröstete, daß auf das Fegefeuer der Himmel folge, sondern ihm auch thatkräftig zur Seite stand, wenn Florian von den Welschen angegriffen wurde. So überwand Florian denn auch diese Zeit und fand sich in dem Organismus der Anstalt zurecht, denn die katholische Kirche hat eine große Kraft alle ihre Diener und solche, die es werden wollen, in ihre Bahnen zu lenken; es waltet ein unerbittliches Gesetz. Florian war kein schwacher Mensch, obgleich es ihm bisweilen noch recht weh ums Herz war, wenn er aus einem Traume erwachte, der ihn in's heimatliche Thal versetzt hatte — „das Alphorn hatt' ihm solches angethan". In solchen Augenblicken wußte er aber ein sicheres Heilmittel: mit doppeltem Eifer vertiefte er sich in die Studien, in denen er bei seiner geistigen Begabung große Fortschritte machte. Hierdurch zog er die Aufmerksamkeit eines der Lehrer, des Pater Benedict, eines gebornen Franzosen, auf sich, welcher in der Anstalt eine eigenthümliche Stellung hatte, indem er von den Schülern, zumal den ausgezeichneten, sehr geliebt, aber von oben her beargwöhnt war und kühl behandelt wurde. Florian konnte den Grund hiefür nicht einsehen und bemühte sich auch nicht darum, sondern schloß sich dem Lehrer mit Wärme an, dessen Zuneigung er gewommen hatte. Als Florian mehr zum Jüngling heranreifte, erkannte er bis zu welchem Grade durch Pater Benedict der Kreis seiner Ideen erweitert war und wie wenig manche dieser Ideen mit dem Geiste des Collegiums harmonirten; aber diese Ideen durchzogen damals die Welt und kein Index prohibitorum war im Stande ihre Strömung zurückzudämmen. Er mußte irre werden an seiner Tauglichkeit zum geistlichen Berufe, dem er bestimmt war, und gerieth in das Labyrinth der Zweifel, das jeden jungen Theologen für kurz oder lang erfaßt, den nicht Stumpfsinn oder die sichere Hand eines Lehrers, der zugleich väterlicher Freund ist, davor bewahrt. Diese Aufgabe stellte sich Pater Benedict nun eben gar nicht; auch verschwand er plötzlich aus dem Collegium und niemand wußte wohin er gegangen sei. Ein Jahr darauf sah ihn Florian noch einmal wieder und zwar als — französischen Offizier, als in der Nähe von Mailand die Schlacht von Marengo geschlagen war; aber das Begegnen war nur ein flüchtiges, denn die Franzosen gingen im Sturmschritt von Sieg zu Sieg.

Florians Studienzeit war zu Ende und mit einem leidlichen Compromiß zwischen den Forderungen der alten Kirche und seinen neuzeitlichen Ideen trat er an das Amt eines Pfarrhelfers heran, das er in einem romanischen Dorfe Graubündens übernehmen mußte, da er von diesem Lande einen Freiplatz in Mailand gehabt hatte. Die Erlernung der romanischen Sprache wurde ihm zwar durch seine Kenntniß des Italienischen erleichtert und die überhaupt genügsamen Menschen jener Gegend sehen nicht stark darauf, in welcher Zubereitnng ihnen die geistige Speise geboten wird, aber sehr erwünscht war es doch dem jungen Priester als er seine Stelle mit der eines Pfarrhelfers in seinem Heimatsdorfe Spiringen vertauschen konnte.

Der Pfarrhelfer von Spiringen hat die Aufgabe, im Sommer auf dem Urnerboden, dem Arcadien der Schächenthaler, Gottesdienst zu halten. Das schöne Hochthal, an zwei Stunden lang und eine Viertelstunde breit, eine große grüne Alp mit romantisch gruppirten Hütten, rechts von dem Wengiswald, über den sich Bergspitzen erheben, links von der Terrasse des Zingel begrenzt, wird von dem Fätsch durchschlängelt, der am Klausen entspringt und durch den schönen Wasserfall nicht weit von Stachelberg im Linththal, wo er sich dann mit der Linth vereinigt, sehr bekannt ist. Auf einem Hügel mitten im Thalgrunde schaut aus Tannen eine Kapelle hervor, deren Läuten lieblich harmonirt mit den Glöcklein der Heerden. Das war nun die Stätte für Florians priesterliche Wirksamkeit und da wo die alte Heimat ihn von allen Seiten wieder erfaßte, durch die Erinnerungen aus der Jugendzeit, durch die unveränderte Oertlichkeit, durch die bekannte Sprache und Sitte der Thalbewohner, da gelang es ihm auch, seinem Berufe die rechte Liebe zuzuwenden. Ein ungewöhnlicher Pfarrer blieb er zwar und seine Amtsbrüder hielten ihn nicht für einen Mann der stricten Observanz, aber seine Gemeinde verehrte ihn und nahm keinen Anstoß an seinen Eigenthümlichkeiten, um so weniger, da einige seiner besonderen Neigungen zeigten, daß er ein rechtes Kind des Gebirges geblieben war. An die alten Zeiten anknüpfend durchforschte er die großartige Natur in den höchsten Regionen und auch noch als er Pfarrer von Spiringen geworden war, setzte er die zwar etwas unkirchliche Liebhaberei an der gefährlichen Gemsjagd fort. Noch jetzt erzählt man in Uri, daß er vom Schächenthal aus das Scheerhorn erstiegen habe, was zwar von den kühnsten Gemsjägern bezweifelt wird wegen der steilen nicht zu umgehenden Felswände und der zerklüfteten Gletscher, allein es ist constatirt, daß auch ein Herr Hofmann von Basel im Sommer 1842 vom Schächenthal aus das Scheerhorn erstiegen hat.

Manches Jahr blieb Arnold Pfarrer in Spiringen. Allein er hatte seinem Körper zu große Anstrengungen zugemuthet und die Fortsetzung der Gemsjagd wurde ihm eine Unmöglichkeit. Wenn er nun sein Fernrohr nahm und zu den Schneegipfeln emporschaute, so traten ihm die Thränen in die Augen. Sein Arzt in Altorf rieth ihm der Ausbildung eines Brustleidens durch Luftveränderung entgegenzuwirken und Spiringen mit einem etwas höher gelegenen Orte zu vertauschen. Da war nun freilich keine große Auswahl, denn seinen geistlichen Beruf konnte und wollte Pfarrer Arnold nicht aufgeben; er nahm daher, obwohl zu seinem und dem Leidweisen seiner bisherigen Gemeinde, die ledig gewordene Kaplanei auf der Göscheneralp an und begann damit einen neuen letzten, aber wieder sehr eigenthümlichen Lebensabschnitt.

Es ist eine trostlose Gegend, die man anfangs zu durchwandern hat, um von Göschenen auf die Göscheneralp zu gelangen. Das sehr alte Dorf Göschenen, eine kleine Stunde von Wasen, bietet schon das Bild des Absterbens. Einst war dort ein Burgstall, von dem noch, gleich unter der Kirche, einige Spuren sich finden, und einst, vor 1000 Jahren, wurde dort im Namen des Reiches ein Zoll erhoben, aber durch die neue Gotthardsstraße ist Göschenen zur Seite geworfen. Man las in den Zeitungen vor einigen Jahren die Fabel, daß ein Dorf in Graubünden an einem schönen Morgen eine Viertelstunde von seinem früheren Standpunkte abwärts wohlbehalten und aufrecht stehend sich gefunden habe und viele Leute glaubten an dieses Bergwunder. Nicht durch ein Wunder und auch nicht in einer Nacht wandert Göschenen aus seiner Vertiefung höher hinauf, indem die Bewohner angefangen haben sich an der großen Straße bei der schönen Brücke anzusiedeln, auf welcher die Straße das Bachtobel überspringt. Während die Gotthardsstraße, das große Menschenwerk, von hier in kühnen Wendungen den langen düstern Felsenschlund, die Schellinen, durchzieht und in der Teufelsbrücke ihren Sieg über die wilde Reuß feiert, liegt in südlicher Richtung von Göschenen ein Thal bis zum gewaltigen in ewigem Schnee glänzenden runden Galenstock hin. Tod und Leben contrastiren in diesem Thale. Wenn der Wanderer bei einer Sägemühle die Göschener-Reuß überschritten hat, windet sich der Weg eine Stunde lang zwischen Gebirgstrümmern hindurch, die im Winter und im Frühling mit den tosenden Lawinen von den Felshöhen zu beiden Seiten herabgeschmettert werden; dann öffnet sich die Voralp, wenn die Gegend zwischen den mit düsteren Tannen bewachsenen Felsen diesen Namen verdient; aber auf einigen Wiesen werden Menschenwohnungen sichbar, die freilich zum Wohnen nicht einladen und sehr bezeichnend den Namen „Gwuest" führen. Das Thal scheint sich bald darauf zu schließen, aber durch eine Spalte, aus welcher die Göschener-Reuß hervorschäumt, kann man an der senkrechten Felswand vordringen und plötzlich, wie durch einen Zauberschlag, sieht man die grünen Matten eines lieblichen Alpthals vor sich, durch welches sich die Reuß, die man noch so eben brausen gehört und gesehen hat, ruhig hindurchschlängelt. Zu den Seiten wechseln steile Felsen und begras'te Abhänge; im Hintergrunde steht der Winterberg 10,000 Fuß), der große Vasall des Galenstocks; zwei prächtige Firne, der Dammafirn und Rothfirn, steigen bis zur Thalebene herab, so daß die grünen Matten und der weiße Schnee sich berühren. Die Menschen, welche sich auf der Alp angesiedelt haben, nährt nach den Ansprüchen solcher Urschweizer ihre Beschäftigung zur Genüge und wo Menschen beisammen wohnen, müssen sie den Schöpfer verehren: in der Mitte des Thals erhebt sich eine steinerne geweißte Kapelle, die von hölzernen recht stattlichen Häusern umgeben ist.

Ein anderes Bild zeigt das Thal im Winter und nicht selten ist auch im Sommer an einem Morgen die

Ebene mit Schnee bedeckt, der aber bald wieder vergeht. In der langen Winterzeit sind die Bewohner oft wochenlang von aller Welt abgeschnitten, so daß die Leichen längere Zeit eingefroren liegen, bis sie auf den Kirchhof nach Wasen gebracht werden können.

Diese Göschenen-Alp wurde die neue Stätte für Pfarrer Arnold, als er schon im vorgerücktem Alter war. Der lange hagere Mann mit dunkeln, noch immer feurigen Augen, schwarzem Haar, für das er auch außer dem Hause eine Bedeckung selten für nothwendig hielt, lebte in einer Wohnung, die außer der kleinen Küche und einem größeren Zimmer mit holzgetäfelten Wänden und Decke wenig Raum hatte. In dem Wohnzimmer nahm ein großer Kachelofen einen bedeutenden Platz ein und auf diesem Ofen hatte der Pfarrer sein Lager. Um hinauf zu kommen, setzte der ehemalige Gemsjäger, obgleich er seine sechszig Jahre trug, nur die Hände auf und voltigirte wie der beste Turner die lange Gestalt, ohne die niedrige Decke mit dem Kopfe zu berühren, auf den Ofen. Zur Bedienung hatte er eine schwarzäugige sechszehnjährige Magd, deren primitive Kochkunst dem genügsamen Manne ausreichte, und die, dem Beispiel ihres Herrn folgend, nur am Sonntage von Seife für ihr durchaus nicht unschönes Gesicht und von einem Kamm für ihr braunes Haar Gebrauch machte. Aber weltliche Eitelkeit lernte sie in dem Pfarrhause nicht. Einer meiner gelehrten züricher Freunde, der dort einst eingeschneit war, wo er in Ermangelung eines Wirthshauses beim Kaplan einkehren mußte und interessante psychologische

Studien machen konnte, erwarb sich, da er in allen technischen Fertigkeiten geübt ist, ein Verdienst um das Hauswesen durch Anfertigung einer Kohlenschaufel und die junge Pfarrköchin versprach ihm von diesem Luxusartikel nach Möglichkeit Gebrauch zu machen.

In diesem Hause eine kleine ausgesuchte Bibliothek zu finden, die selbst einen Göthe und Schiller enthielt und Schriften in verschiedenen Sprachen, das mußte jeden überraschen, der des Glaubens gewesen war, die Bücherei eines Kaplans rede nur classisches Kirchenlatein. Pfarrer Arnold hatte sogar auf eigene Hand Englisch gelernt nicht um es zu sprechen, sondern um auch mit der herrlichen englischen Literatur nicht unbekannt zu bleiben. An seinem freilich theologisch nicht sehr correcten Amtsbruder Sterne fand er besonderes Gefallen und hatte nicht nur dessen sentimental journey oft gelesen, sondern wußte das köstlichste Stück der englischen Literatur, die Story of le Fèvre im Tristram Shandy, auswendig. Sterne's schönen Satz „Der Himmel schickt warmen Regen, wenn die Schafe geschoren sind“ nahm er sogar einmal zum Text einer Predigt und seine Hirtengemeinde fragte nicht, ob das ihrem Leben unmittelbar angepaßte Thema ein Bibelwort sei. Bei großer Verschiedenheit hatten der englische Vicar und der urnerische Kaplan viel Homogenes, beide besaßen ein warmes Herz und eine große Dosis Excentricität, und arm zu sterben wie poor Yorick, der nur einen schwarzen Rock, ein Paar sammetne Beinkleider und ein wenig Wäsche als Erbgut hinterließ, das war ja auch Pfarrer Arnolds sichere Aussicht. Aber in einem Stücke stand dieser höher als der Engländer, durch eine rührende, wenn auch wieder excentrische Seelsorge für seine kleine Gemeinde. Es gehörte nicht zu seinen Glaubensartikeln, daß die arbeitssamen Menschen freie Stunden im Weltschmerz und Nachsinnen über ihre Sündhaftigkeit und im Psalmensingen verbringen sollten, wozu sie auch gar keine Neigung hatten, sondern er gestattete den Männern, die nicht auf den höheren Alpen zurückgehalten wurden, einen Abendtrunk zu nehmen und an den Nachmittagen der Sonn- und Festtage beim Weine fröhlich zu sein; er hatte auch gegen einen ehrbaren Tanz der jungen Leute nichts einzuwenden, aber es sollte das alles unter seiner Aufsicht bleiben, die Leutchen sollten nicht in wilde Gesellschaft kommen und das Geld nicht auswärts tragen. Er verschrieb daher piemontesischen Wein, wie er in Uri allgemein getrunken wird, und schenkte ihn in seinem Wohnzimmer zum Einkaufspreise aus. Der Tanz wollte sich lange Zeit nicht gestalten, denn es fehlte an Musik, da das Alphorn kein Tanzinstrument ist. Eines Tages kam ein alter Fiedler in das Thal und da gab es ein fröhliches Fest im Pfarrhause. Als Pfarrer Arnold dem Jubel zusah, kam er auf den glücklichen Gedanken dem Musikanten die Geige abzukaufen und sich von ihm einige Tage im Spielen unterrichten zu lassen. Mit unermüdlichen Fleiße übte er vom frühen Morgen bis zum späten Abend seine ungelenken Finger, wobei er glücklicher Weise keine Nachbarn hatte, die ob solcher elementaren Musik in Verzweiflung gekommen wären, denn der Lehrmeister mußte die Geduld eines Musiklehrers haben und die Pfarrköchin fand jede Musik schön, die zum Tanze führte; sie hatte auch vor allen Mädchen des Thals den Vorzug, in der Küche nach des Pfarrers Geige hüpfen zu können und in dem Vorgefühl der Sonntagswonne zu schwelgen. Schon am nächsten Sonntage producirte der Pfarrer sich als Geiger mit einem Tanze und bei der ihm eigenen Energie brachte er es bis zu einem halben Dutzend kräftiger Tanzweisen. Wenn die lange gebückte schwarze Gestalt am Ofen stand und darauf losgeigte und in dem Pfarrhause nur glückliche Menschen zu sehen waren, war es Sünde und Häresie oder war dies auch eine Seelsorge eines Hirten für seine Heerde? Leider sollte dem guten Manne seine Musikfreude bald getrübt werden: die Quinte riß und weit und breit war keine neue Saite zu haben. Aber vor Schwierigkeiten war Pfarrer Arnold nie in seinem Leben zurückgeschreckt und er übte seine Tänze auf drei Saiten ein. Als er an einem Sonntage die Messe gelesen hatte und am Abend der letzte Ton der Saiten verklungen war, da legte er sich zur Ruhe und ein milder Todesengel berührte das Haupt eines Mannes, der ein guter treuer Diener des Herrn gewesen war.

VI.

Luzern.

Die Schnelligkeit, mit welcher man jetzt durch den Dampf von einem Orte zum andern versetzt wird, läßt die Contraste in der Physiognomie zweier Städte weit mehr unmittelbar in die Augen fallen, als wenn man auf langsamerer Fahrt unter Uebergängen in der Erscheinung von Land und Leuten sachte von Ort zu Ort rückt. Diesen Vortheil des augenfälligen Contrastes gewährt denn auch die Fahrt auf der Eisenbahn von Zürich nach Luzern, die in nächster Zeit noch sehr abgekürzt und beschleunigt werden wird, während im Uebrigen die Sommerfahrt über den Zürichsee nach Horgen, der Schneckenzug des Omnibus von Horgen über den Albis nach Zug, das Hingleiten des kleinen Dampfbotes über den lieblichen Zugersee nach Immensee, die zweite Omnibuspresse durch die hohle Gasse nach Küßnacht, die dritte Seefahrt von Küßnacht nach Luzern weit interessanter ist.

Zürich, obgleich eine recht alte Stadt, und, wie der Anblick seiner ursprünglichen Gassen zeigt, vor der Erfindung des rechten Winkels gebaut, modernisirt sich von Tag zu Tag immer mehr; das alte Zürich wird bald der antiquarischen Gesellschaft anheimfallen. An die ungemeine Regsamkeit in Handel und Industrie schließt sich eine bis zum amerikanischen Schwindel gesteigerte Bauspeculation, bei welcher der Schönheitssinn sich wenig geltend macht. Zürich wird auch das Limmat-Athen genannt, man wagt sogar, trotz Basel und Bern, es das schweizerische Athen zu nennen und eine buntfarbige Studentenschaft thut das Ihrige, in den Mußestunden zu zeigen, daß hier die Schule der Peripatetiker stark vertreten ist. Läßt man bei einer Wanderung durch die Straßen Zürichs das Ohr recognosciren, so könnte man glauben in Neu-Babel zu sein: mit der einheimischen Musik des Züri-Dütsch kreuzen sich andere alamannische Tonarten, variiren die mannigfachen deutschen Dialecte und liefern die verschiedenen nichtdeutschen Sprachen ihre Assonanzen und Dissonanzen. Auge und Ohr müssen erkennen, daß die Bevölkerung Zürichs eine sehr gemischte ist, und die neueste Bevölkerungsstatistik der Schweiz zeigt auch, daß die Zahl der in Zürich seßhaften Fremden (Schweizer, die nicht Cantonsbürger sind und Ausländer) in den zehn Jahren von 1850 — 1860 um 4712 sich vermehrt hat, wenn wir zu der eigentlichen Stadt Zürich die Ausgemeinden, welche als Vorstädte gelten können, hinzunehmen.

Wenn man von der Seeseite auf Luzern zufährt, so imponirt diese Stadt weit mehr als Zürich, wie ja auch schon der See einen weit kräftigeren Charakter hat als der glatte Zürichsee. Die grauen Thürme der ehemaligen Befestigung erzählen von alter Zeit, in der „meine gnädigen Herrn" und Bürger von Luzern oft den Harnisch anlegen mußten und wo ein edler Schultheß nicht wiederkehrte aus der Heldenschlacht von Sempach. Die vielen Kirchen zeigen, daß man auf katholischen Boden kommt und geistliche Herren in langen schwarzen Röcken und mit dem specifischen Kirchenschritt gehören zur Physiognomie Luzerns; aber diese

Physiognomie ist im Großen total verschieden in der Sommerzeit und Winterzeit. Im Sommer wimmelt es am Quai, wo die großartigen Hôtels die Fremdenregion anzeigen, von Touristen aller Art; Crinolines von immenser Peripherie, vom leichten Seewind angefächelt, schweben die Promenade entlang und bizarre Männercostüme, von kühner Reisephantasie erfunden, flaniren hin und her. Sind aber die Zugvögel davon gezogen über Land und Meer, so ist Luzern wieder die alte solide, etwas schwerfällige Schweizerstadt mit Kleinhandel und langsamem Fortschritt, der wohl einmal durch einen Eckardtshandel und Verfassungsrevisions-Begehren aus dem Geleise kommt, aber doch bald zu seiner Bedächtigkeit zurückkehrt.

Einmal im Jahre wird Luzern durch einen wunderlichen National-Heiligen, den Bruder Fritschi, an einem Tage mit eben so wunderlichem Namen, dem schmutzigen Donnerstage, in rege Bewegung gesetzt, und dies mit anzusehen, entschloß ich mich im Februar 1863 hinüberzufahren zum alten Luzern, das mir auch durch liebe Freunde lieb ist. Zudem lockte es mich, den Vierwaldstättersee einmal im winterlichen Kleide zu sehen und dieser Winter war so heiter und so mild, daß wohl eine Reiselust entstehen konnte.

Es war viel Schnee gefallen, der in Tessin Verderben brachte, hier aber nur der großartigen Landschaft einen zauberischen Glanz verlieh. Nicht nur die vielen Kulme, Hörner und Spitzen blinkten im Sonnenschein, sondern die weiße Gewandung der Berge, welche den See einschließen, reichte bis an den immer eisfreien tiefgrünen Seespiegel herab, zur Linken der Rigi mit seinen runden weichen Formen, zur Rechten der zerklüftete eckige Pilatus, ohne die bedrohlichen Wetterzeichen, durch die er im Sommer so regelmäßig Furcht einflößt, und scheinbar weit näher herangetreten, als wollte er auch zuschauen dem fröhlichen Leben, das sich in seiner Nachbarstadt entfaltete.

Am Vorabend des Festes war im Theater der regelmäßige Maskenball, zu welchem nur oder fast nur die Frauenwelt verkleidet erschien. Zwischen den vielen bunten schweizerischen Nationaltrachten bewegte sich eine große Zahl von Waldbrüdern in langer schwarzer Soutane und Kutte. Dieses Costüm, sehr geeignet unkenntlich zu machen, ist bei den Luzernerinnen üblich statt der Dominos und niemand nimmt Anstoß daran, daß die weiblichen Waldbrüder eben so tapfer tanzen wie die Unterwaldnerinnen und die Mädchen aus den Entlebuch. Von diesen hatten es einige verschmäht eine Larve vorzubinden und sie hatten recht daran gethan, denn die frischen blühenden Gesichter paßten so vollkommen zu der hübschen Landestracht. Wie die ganze Fastnachtfeier allgemeine Sache der Bevölkerung der Stadt ist und die Landschaft sich anschließt, so kann die angesehenste Luzernerin an diesem Maskenballe theilnehmen, denn das zweifelhafte Demi-monde der Großstädte fehlt in Luzern und von der treuherzig dareinschauenden Entlebucherin wird sich die Städterin gern die Hand drücken lassen. Der gemeinsame Dialect, den Städterin und Bäuerin zur Herzenssprache haben, so daß das Hochdeutsch eben so sehr eine fremde Sprache ist als das Französische, verhindert eine strenge ständische Gliederung. Die vornehmen Zürcherinnen reden zwar auch unter sich das Züri-Dütsch aber die Bevölkerung Zürichs ist weit gemischter und in Zürich wäre die allgemeine Theilnahme an einem solchen Maskenball eine Unmöglichkeit.

Der „schmutzige" Donnerstag, so genannt, weil Schmutz in der Schweizersprache Fett oder Schmalz bedeutet und das materielle Leben in Form des Bratens und Küchelns an ihm den höchsten Gipfel erreicht, um auf die magere Fastenzeit vorzubereiten, heißt auch wegen dieser Ueppigkeit der „fette" Donnerstag. Die Russen haben für denselben Zweck die „Butterwoche".

Das Vorspiel zur großen Tagesfeier des schmutzigen Donnerstags übernimmt die luzerner Knabenwelt. Als bunt costümirte Tirailleurs durchziehen die herangewachsenen Knaben in Colonnen mit Trommelschlag die Straßen und kleine Bajazzos und Pritschmeister vagiren kreuz und quer in unbändiger Heiterkeit und zu allen Neckereien aufgelegt. Gleich nach Mittag beginnt der große Zug, der seit Jahrhunderten ein historisches Bild voranstellt, nach welchem das Ganze der Fritschizug genannt wird. Auf einem sehr großen von starken Pferden gezogenen Wagengestell ist eine Bühne errichtet, welche die Wohnung von Bruder Fritschi nebst Familie und Hausgenossen vorstellt. Alle tragen die luzerner Farben, Weiß und Blau, und Fritschi und Frau haben ungeheure Larven. Von Zeit zu Zeit tanzt Fritschi mit seiner Alten ein zierliches Menuett und die Amme, das Fritschikind (eine große Puppe) hätschelnd, hüpft ihr Solo daneben. An dieses Hauptstück des Festzuges, auf welches ich später zurückkommen will, schließen sich von Jahr zu Jahr wechselnde Scenen und Maskengruppen. In diesem Jahr entfaltete sich als großes Bild das Zurückweichen der Rothhäute vor der Cultur der Weißen. Zunächst zeigte sich aber das Indianerleben im vollen Glanze. Eine große Zahl von Indianern im braunen Tricot, für deren Bekleidung sämmtliche Kürschnerläden von Luzern und Umgegend geplündert waren, theils zu Pferde theils zu Fuß, bildeten eine malerische imposante Gruppe. Die Pferde hatten zwar mit Schlachtrossen indianischer Häuptlinge wenig Aehnlichkeit und Reiter und Roß waren sich nicht immer einig, so daß ein Reiter bisweilen in augenscheinliche Gefahr kam, da die neuen eidgenössischen Cavalleriesättel nach dänischem Muster, welche das Herabfallen unmöglich machen sollen, hier noch nicht zur Anwendung gebracht waren. Ein alter reicher Burger, der manchen fröhlichen Fritschizug mitgemacht hatte, zu Pferde und zu Fuß, jetzt aber durch Wohlbeleibtheit und Podagra zu einer unliebsamen Ruhe verdammt war, hatte lange gesonnen, wie er doch „in dem Ding“ sein könne und glücklich das Mittel gefunden, wodurch er nicht nur seine historische Sehnsucht befriedigte, sondern auch seinen Musik-Enthusiasmus kund gab. Er ließ sich auf einem Wagen eine stattliche Bühne zimmern, mit einem Thronsessel in der Mitte in Form einer ungeheuren Muschel und da saß er nun als alter Indianer mit einer großen Trommel vor sich und „mit dumpfem Klang schlug er das Fell“, accompagnirt von primitiven Blasinstrumenten kleiner Musikanten, die am Fuße seines Thrones kauerten. Andere Gruppen bildeten die Trappers, Yankees und Hinterwäldler und während des Zuges sah man auf einem Wagengestell im Waldesschatten eine Blockhütte entstehen, in der schon die Frau am lodernden Feuer Maiskuchen buck, die von der gierigen Kinderbrut verzehrt wurden. Die plastische Kunst hatte ihren Gipfel erreicht in der colossalen Figur des indischen Götzen „Kiriki", der von vier wunderschönen Stieren gezogen wurde. Der Götze mit vier Armen war so groß, daß er in die Belle-Etage der Häuser hineinschaute und die indianischen Krieger, welche seine Bedeckung bildeten, obwohl die stattlichsten Leute, zwergartig erschienen.

Als der Zug seine große Rundreise beendigt hatte, wurden auf dem Rathhausplatze Kampfspiele und Tänze der Rothhäute mit großer Gewandheit aufgeführt und Pfeile abgeschossen nach schönen Feindinnen an den Fenstern umher; ein Trapper fing mit seinem Lasso ein kleines Bäuerlein und der Jubel wollte nicht enden, bis die Sonne unterging und mahnte die Festfreude jetzt in die Häuser zu verlegen, was denn auch mit Libationen und Tanz geschah bis der Morgen wieder graute.

Die Idee dieses Lebensbildes aus dem fernen Westen war so einheitlich und trefflich durchgeführt, daß, als ich einige Monate später bei dem Frühlingsfeste in Zürich, dem „Sechseläuten", weit größeren Kostenaufwand und Glanz in den Costümen, den Equipagen und den eleganten Reitern sich entfalten sah, ich nicht umhin konnte dem luzerner Feste den Vorzug zu geben, das auch durch das zuschauende Publikum, weil in ihm die Landbevölkerung mit den malerischen

Landestrachten der Mädchen und Frauen stark vertreten war, mehr Relief hatte.

Aber in einem wesentlichen Stücke ist der luzerner Fritschizug schon degenerirt und zwar in seinem historischen Kern. Fritschi und Ehegemahl sollten nach altem Brauch zu Pferde erscheinen und von Reisigen in alter Tracht des Mittelalters begleitet sein; statt dessen bildeten dieses Mal die Escorte des Wagens berittene — Zuaven, da doch gewiß die alten Rüstungen in Luzern noch vorhanden sind und auch Leute, welche dieselben tragen können. Fritschi ist in der Geschichte des fastnächtlichen Luzerns eine so interessante Person, daß man ihm sein altes Recht lassen sollte. Aus den Chroniken erfahren wir folgende Tradition.

In der Nähe der Stadt, an der Halde, lebte zu Ende des fünfzehnten Jahrhunderts ein Mann Namens Fridli, der in seiner Jugend die burgundischen Kriege mitgemacht hatte. Obgleich er in Luzern verbürgert war, kam er das Jahr hindurch selten in die Stadt, aber nie fehlte er am letzten Donnerstag vor der Fastnacht; da stellte er sich bei seiner Zunft zur Saffran ein, war wieder der alte tolle Kriegsknecht und freigebig bis zur Verschwendung, so daß er der Held des Tages wurde und als „Bruder Fritschi" die Seele des Festes. Da ihn der Gedanke traurig machte, doch einmal zum Fastnachts-Appell nicht mehr erscheinen zu können, so suchte und fand er ein Mittel sich fortleben zu lassen: er vermachte seinen aus Buchs gedrechselten und mit Silber gezierten Pokal, aus dem man so oft Bruderschaft getrunken hatte, der Zunft, mit der Bedingung, daß alljährlich am schmutzigen Donnerstage bei dem kreisenden Humpen seiner gedacht werde, und zwar sollte einer aus der Zunft unter seiner Maske, von lustigen Spielleuten begleitet, durch die Stadt ziehen, ein Anderer den Pokal tragen und jeder durstigen Seele, ob reich oder arm, einen Trunk aus dem Freudenbecher, der fortan der „Fritschikopf“ genannt wurde, reichen; auch sollte die Gesellschaft der Zünfter in blanken Harnischen und mit glänzenden Waffen ihn, den alten Kriegsmann, in der Person seines Darstellers, von seiner Wohnung an der Halde abholen und dahin zurückgeleiten. Treu und gern haben die Luzerner lange Zeit den letzten Willen des alten Zechers erfüllt. An den Saffranzunft schloßen sich die übrigen Zünfte bereitwillig an. Voran im Zuge gingen muntere Knaben in kriegerischem Schmuck, es folgten Jünglinge und Männer in Harnischen, mit Spießen und Hellebarden, der Fähndrich mit dem Zunftpanier, der Weinschenk mit dem „Fritschikopf“, begleitet von einem Gesellen mit einem vollen Weinfaß, der Hauptmann der Rotte in stählerner Rüstung zu Pferde; dann kam Bruder Fritschi nebst Frau, beide wacker beritten und beide in Weiß und Blau, mit großen Larven; den Schluß machten Gruppen von Bürgern, welche Scenen aus der vaterländischen Geschichte darstellten. Wenn der Umzug durch die Straßen bei dem Zunfthause angekommen war, lagerte man sich an der Tafel, auf welcher der Fritschipokal paradirte und: „Hie Fritschi, hie Luzern!“ war die Losung.

Als so der Name Fritschi sich mit der Fastnachtsfeier identificirt und Luzern den Ruhm hatte die lustigste Fastnacht zu besitzen, da wurde es von den Nachbarn beneidet, aber die Nachbarn machten ihrem Neide in einer Weise Luft, welche nur dazu beitrug den fröhlichsten freundnachbarlichen Verkehr herbeizuführen. Einmal geschah es, daß die nächsten Nachbarn, die Männer von Uri, Schwyz und Unterwalden den Bruder Fritschi „heimlich in einem Schimpf (d. i. Scherz, Kurzweil) und guter Freundschaft" entführten. Die Luzerner durften nicht säumen den geliebten Helden zurückzuholen und dies veranlaßte ein großes Freudenmahl, das, wie ein Chronist sagt, den vier Waldstätten gewiß nicht übel hat „erschossen". Dasselbe Manöver soll sogar mehrere Male gemacht sein, in großartiger Weise aber von Basel, worüber die schöne Chronik des Luzerners Diebold Schilling ausführlich berichtet: „Da nun die strengen, festen, fürsichtigen und weisen Bürgermeister, Rath und eine ganze Gemeinde von Basel mit gemeinen Eidgenossen in ewige Bündniß und als ein Ort zu ihnen gekommen, hätten sie allwegen meine Herren von Luzern voraus, auch die andern drei Waldstätte gern zu ihnen gen Basel auf ein Fasnacht gehabt, ihre Freundschaft und Bündniß damit zu bestäten, als fromme gute Eidgenossen, wußten darauf solches nicht mit bessern Fugen zuwege zu bringen, wann daß einer, genannt Heinrich zum Hasen, Burger von Basel, gen Luzern geschickt wurde. Dem ward ernstlich empfohlen, Bruder Fritschi zu stehlen und gen Basel als einen Uebelthäter ins Gefängniß zu legen, was auch beschah. Und so ward der arme alte Burger von Luzern, Bruder Fritschi, heimlich bei Nacht und Nebel der löblichen Stadt Luzern wider alle kaiserlichen Freiheiten, auch seiner Gesellschaft, aus einem Gericht in das andere entfremdet und geführt; doch von denen von Basel meinen Herrn von Luzern dabei im nächsten Maien ein Fasnacht verkündet, um den Ihren zu lösen und dazu wurden die andern drei Waldstätte auch berufen".

Als nun so die Freiheit der Stadt Luzern, daß keiner ihrer Bürger vor ein fremdes Gericht gebracht werden durfte (Privilegium de non evocando), von den Baslern verletzt war, entstand ein in allen Förmlichkeiten gehaltener humoristischer Notenwechsel zwischen Schultheiß und Rath von Luzern einerseits und Bürgermeister und Rath von Basel andrerseits. Erstere schrieben am Tage der Geburt Mariä des Jahres 1508 nach Basel, daß man, falls der in Aberwitz gefallene und bei Nacht und Nebel verschwundene Bruder Fritschi oder Fatschi nicht so alt wäre, wohl hätte vermeinen mögen, derselbe wolle sich, wie er vormals mehr gethan, mit einem Gemahl versehen; nachdem man aber vernommen, daß er sich in Basel, allwo man ihm gütlich thue, sehr wohl gefalle, verlange seine Freundschaft samt seinen Zunftbrüdern so sehnlich nach ihm, daß es möglicher wäre, den Rhein ob sich zu kehren, als seine Abwesenheit länger zu gedulden, und der Rath werde darum zur Wiedergewinnung seines ältesten Bürgers alles in Anwendung bringen, was er schuldig sei. „Wann aber", lautet das einem Fehdebrief ähnliche Schreiben weiter, „aus solchem Unternehmen ein großes Weinvergießen entspringen möchte, so will es uns nicht geziemen, unbewahrt unserer Ehren ein solches fürzunehmen, sondern vorher zu warnen; darum haben wir Euer Lieb solches nicht wollen verhalten und verkünden dero, daß wir auf Freitag nach des heiligen Kreuzes Tag, zu Pferd, zu Schiff und zu Fuß, mit anderthalbhundert Mann ungefähr, aus und zu Euch ziehen, am Samstag zu frühem Nachtmahl Euch anzugreifen und unterstehen, den bemeldten unsern Bürger zu erobern und zu unseren Handen zu bringen".

Die galanten Basler, Bürgermeister und Rath, erwiederten „daß sie darob gar kein Erschrecken, sondern ein herzliches Wohlgefallen empfangen hätten. Die Herren von Luzern sollten mit standhafter Begierde und mit dem besten Gezüg erwartet werden, das tief eingegraben und in großen und kleinen Stücken vorräthig liege. Dem Spruch der Altvordern gemäß „je mehr Feinde, je mehr Ehren" sei das Begehren der Stadt Basel, daß auch die Brüder von Schwyz, Uri, Unterwalden und Zug zu dem Feldstreit berufen werden möchten. Man wollte sie würdig empfangen, ob auch ein Weinvergießen und Stahelwetzen mit samt dem Halsabwürgen und Hühnerstechen, oder was immer folgen möge. Der Rath von Basel hoffe aber, daß wenn alle beisammen seien, durch den Bruder Fatschin eine Vermählung ewiger Freundschaft vermittelt werden solle".

Die Gäste vom großen See kamen nun, anderthalbhundert an der Zahl, darunter die beiden Schultheiße und achtzehn Rathsherrn von Luzern und Botschafter von Uri und Schwyz, zu Schiff bis an die Birs, wo sie feierlich von dem Bürgermeister Peter Offenburg zu Pferde nebst Rathsherrn zu Fuß und den Abordnungen der Zünfte empfangen wurden. Als der Zug bei dem Gerichtshause vorüber kam, in welchem Bruder Fritschi verfestet war, „hat dieser seine lieben Freunde mit freundlichem Nicken empfangen, darob sie ein großes Gefallen gehabt". Auf dem Kornmarkte fand die Sammlung des Zuges statt und auch der befreite Bruder Fritschi von Bürgermeister und Rathsherrn geleitet erschien wieder bei den Seinen.

Die Bewirthung der Gäste in dem üppigen Basel war natürlich glänzend. Sie hatten regelmäßig ihren Imbis auf den Zunftstuben, wohin auch ihnen zu Ehren der Bischof und etliche andern Prälaten und Domherrn geladen wurden; auch wurde am Sonntage ein „erlicher Tanz" auf dem St. Peters Platz gehalten, wohin ein Faß Wein geführt war, und den Frauen wurde dort ein Abendbrod mit Confect gegeben. Am Montag war ein Gesellenschießen. Zu den großen Massen des Weines, der vom Rath und der Stadt gespendet wurde, kamen auch etliche Kannen mit Malvasir, welche der Bischof von Basel verehrte und ein halbes Fuder Wein des Abtes von Lützel. „Ist alles ufgangen", sagt ein basler Beschreiber dieser Herrlichkeit. Beim Abzuge der Eidgenossen hat ein Brauknecht den Bruder Fritschi getragen, „der ist von Leib stark, aber nicht sehr witzig gewesen". Der Rath von Basel beschenkte ihn noch mit einem Rock und einem Paar Hosen, wozu 10 Ellen lundisch Tuch genommen waren und die Eidgenossen, mit denen er fortzog, schenkten ihm auch einen Rock.

Ohne Zweifel war es nicht mehr der Bruder Fritschi selbst, der sich nach Basel entführen ließ, sondern ein durch dessen Maske qualificirter Repräsentant, wie er noch alljährlich auftritt. Wie populär der Name Fritschi auch in der Umgegend Luzerns geworden und mit Fasching indentificirt ist, zeigt sich darin, daß man wie in Luzern auch in Altorf den Mann, der für den schmutzigen Donnerstag das Fest arrangirt, den „Fritschivater“ nennt.

Wie viele Faschingsfeiern auch in der katholischen Schweiz an demselben Tage existiren, Luzern hat in seinem Fritschi den Vorzug des historischen Alterthums und man sollte dort, wie ich schon andeutete, den Heros wieder in seine alten militärischen Ehren einsetzen, denn wenn ein alter Festbrauch in seinen Formen abgeschwächt wird, ist auch die Gefahr vorhanden, daß unsere nivellirende Zeit ihn ganz beseitige. Das Grenzjahr der alten und neuen Schweiz, 1798, hat schon mit vielen fröhlichen Festen aufgeräumt, unter Anderem mit einer Einrichtung am schmutzigen Donnerstage in Zug, die auch ein juristisches Interesse hatte. Es bestand dort eine sich selbst constituirende und ergänzende Gesellschaft unter dem Namen „Großmächtiger Rath“, aus dem vierzehnten Jahrhundert her. Die Autonomie dieses Rathes, der auf der einen Seite die Zwecke einer lustigen Genossenschaft verfolgte, auf der andern Seite eine sittenrichterliche Gewalt ausübte, wurde allgemein anerkannt. Alljährlich am schmutzigen Donnerstage wählte die Gesellschaft auf dem Gerichtsplatze unter der großen Linde ihren „frommen ehrlichen" Schultheißen und sonstige Beamten, welche sonderbare Namen führten: der Isengrind, das Hünerbrett, der Judenspies, das Leiterli. Zu den Einkünften des Schultheißen gehörte, daß jeder, der in dessen Amtsjahre eine Frau freite, die 200 Pfund mitbrachte, ihm ein Paar Hosen, wer weniger durch die Frau bekam, ein Paar Schuhe verehren mußte. An Festtagen zogen die Mitglieder der Gesellschaft „in die Häuser frei, zu ersuchen, was kochet sei". Hinter dem Humor blickte aber auch bisweilen der Ernst hervor; wenn eheliche Untreue und Unzucht zu rügen waren, so wurden Strafen von neckender und beschämender Art verhängt.

Eine ähnliche, ebenfalls jetzt verschwundene Gesellschaft war in Rapperswil unter dem Namen „Knabenzunft", auch „unüberwindliche Gewalt der Junggesellen". Diese Gesellschaft hatte ihren Schultheißen, Fähnrich, Stubenmeister, Weibel und Trommelschläger, sogar ihren Vicar und hielt zu Fastnacht Umzug und Tanz. Wenn sie als Sittengericht auftrat, bestanden die Bußen in Wein.

Ein rechter Fasching gedeiht nur auf katholischem Boden; es hat sich aber auch an reformirten Orten der Schweiz eine Fastnachtfeier erhalten. In Basel durfte sie nicht abkommen, weil sich dann eine Hauptleidenschaft der basler Jugend, das Trommeln, in höchster Potenz zeigen kann. An manchen Orten werden große vaterländische Schauspiele im Freien aufgeführt, Schillers Tell, historische Dramen einheimischer Dichter, wie Bornhausers Gemma von Arth; die Alpenhütte, mit großen Scenen aus der Schreckenszeit Unterwaldens im Herbst 1798. Zu Stäfa am Zürichsee wurde in der Fastnacht von 1863 der ganze Bauernkrieg von 1653 in Scene gesetzt, wobei die Action überwiegend war, indem 400 Personen, Infanterie, Cavallerie und Artillerie, dazu verwendet und verschiedene Gefechte regelrecht ausgeführt wurden. Solche Aufführungen, die stets ein dankbares Publikum von Tausenden haben, nehmen meistens den ganzen Tag in Anspruch, da den Darstellern und dem Publikum zur Erfrischung längere Pausen gegeben sind. Die Schauspieler und Schauspielerinnen, meistens aus der ländlichen Jugend, haben regelmäßig ihre großen Rollen trefflich gelernt und ein Kritiker darf an einem zu großen Pathos keinen Anstoß nehmen, so wenig als an der nicht immer correcten Declamation, da das Hochdeutsch den Darstellern eine fremde Sprache ist. Da diese vaterländischen Schauspiele die Vaterlandsliebe nähren und heben, indem sie das Bild der Altvordern aus der Heldenzeit vor Augen stellen, so ist das Interesse für dieselben von Jahr zu Jahr in der neuesten Zeit im Steigen begriffen. Noch unmittelbarer werden Stücke der Geschichte reproducirt durch die Aufzüge an den berühmten Schlacht- und Siegestagen am Orte der That. So ziehen alljährlich am 17. Juni die Appenzeller nach dem Stoß, einem Weiler mit Kapelle bei Gais, um einen der merkwürdigsten Siege (1405) in der Kriegsgeschichte der Schweiz zu feiern.

Auch die Gegenwart findet ihre Beurtheilung bei den Fastnachtsfeiern und die Geißel einer plastischen Satire wird wacker geschwungen. Basel persiflirte letzthin einen großen Bankschwindel in köstlicher Weise, aber es hat doch wohl Schwyz in diesem Jahre die Palme verdient durch Aufführung eines auch im Druck erschienenen großen Drama's: „Die Schweiz in Japan. Großes japanesisch-schweizerisches Hof- und Volksfest in Jeddo-Schwyz, an den Fastnachtstagen vom 12. und 17. Februariu 1863. In fünf Acten und einem Zustupf". Anknüpfend an die Reise der japanesischen Gesandten in Europa, die aber nicht in die Schweiz kamen, ungeachtet der Geschenke, die man ihnen von Bern aus entgegenschickte, weil der Taikun noch nicht mit Sr. Majestät dem Präsidenten der Schweiz in ein Bündniß getreten sei, — und an die in der Schweiz nicht überall nothwendig befundene Ambassade der Schweizer nach Japan, hat der Dichter Sinn und Unsinn mit Carnevalsfreiheit mischend Tagesereignisse von nah und fern und das Schachspiel der Politik durchgenommen. Er läßt den Wortführer der schweizerischen Gesandschaft am japanesischen Hofe, bevor er die Geschenke übergibt, so peroriren:

„Die Welt theilt sich in Bremser und Heizer,
Unter den letztern sind die besten die Schweizer.
Ihr Land ist wie bei Euch
Ein prächtiges Inselreich.
Im Westen da ist das Meer der Franzosen,
Lauter Wallfische mit und ohne Hosen,
Regieret alljetzt durch Hai den Dritten,
Der für die Freiheit so Vieles gelitten.
Er war bei uns in die Schule gegangen,
Hat später das G'schäft für sich selber ang'fangen.

— Im Süden da ist das Meer der Italiäner,
Unruhige Fische, fürschützige Schnapphähner,
Die zur Stunde noch wissen nicht recht:
Ob Adler, ob Specht,
Ob Karpf oder Hecht".

Und so geht es weiter, doch — ein politisch Lied, ein leidig Lied — ich will mein Thema von den schweizerischen Volksfesten zu Ende führen.

Der Sommer bringt unzählige cantonale und locale Schützen= und Sängerfeste und Jahr um Jahr wechseln ein eidgenössisches Schützenfest und Sängerfest mit einander. Seit Tell den großen „Zweckschuß" that, ist das Schießen den Schweizern zur Leidenschaft geworden, auch in den Cantonen, in denen, wie im Canton Zürich, wenigstens drei patentirte Jäger auf einen Hasen kommen und schon am Tage vor Eröffnung der Jagd das Lager des armen Lampe umstellt haben. Die Jagd ist in der Schweiz durchaus nicht das praktische Motiv zu dem Schützeneifer, der nicht nur schon die Knaben ergreift, sondern auch auf die Frauen übergeht. Regelmäßig lies't man in den Zeitungsberichten von weiblichen Schützen, die sich mit Erfolg an den localen Schützenfesten betheiligen. Aus Uri meldete zwar das Amtsblatt 1860, im Landrath sei die aufgeworfene Frage, ob Weibspersonen zum Schießen auf den Schießständen berechtigt seien, verneinend entschieden worden, allein man scheint sich im Volke an diese sittenrichterliche Stimmung der Landesväter nicht sonderlich zu kehren. Als im Herbst 1862 nach beendigter Alpsaison in Unterschächen, dem lieblichen Pfarrdorfe im anmuthigen Schächenthal, ein Wettschießen veranstaltet wurde, waren die Männer so uneigennützig den Frauen und Mädchen eine freie Concurrenz zu gestatten und es gab ein sehr belebtes, malerisches Schützenfest; die alten Felsen rechts und links jauchzten in Echos mit den fröhlichen Menschen und der Tanz am Abend belohnte die jungen Burschen reichlich für das Zugeständniß an die Emancipation der Frauen. Diese hatten nicht nur zahlreich sich an dem Schießen betheiligt, sondern auch durch festen Arm und sichern Blick gezeigt, daß die Frauen vieles als Naturgabe haben, was die Männer erst in der Schule, sei es der Logik oder des Lebens, erlernen: der erste Preis, bestehend in einer jungen Ziege, und auch die dritte und vierte Schießgabe wurde von weiblichen Schützen gewonnen. Als stattliche Schützin kennt man auch Frau Ursula Infanger, Gastwirthin im Isenthal.

Die großen Schützen- und Sängerfeste, so bedeutend ihr Nutzen ist und so sehr sie dazu dienen, das Bewußtsein der Schweizer „ein einig Volk von Brüdern“ zu sein wach zu erhalten, haben in neuester Zeit eine sehr üble Schattenseite angenommen. Die Schützenfeste, denen hohe Preise und Ehrengaben aus allen Weltgegenden, wo nur Schweizer wohnen, zuströmen, dienen zu sehr den Erwerbszwecken. In alter Zeit war sehr gewöhnlich ein Paar Hosen der zu erringende Preis. Nach einer basler Ordnung für die Büchsenschützen von 1466 bestand der erste Gewinn bei einem Schießen in einem Paar Hosen, zu deren Anschaffung der Rath einen halben Gulden beisteuerte. Jetzt verdient ein in der besonderen Art des Scheibenschießens gut geschulter Schütze nicht selten 1000—2000 Franken bei einem Schützenfeste. Auch bei den schönen eidgenössischen Sängerfesten ist neuerdings durch die Wettgesänge eine Kehrseite sichtbar geworden, ein sehr empfindlicher Ehrgeiz und dadurch Disharmonie, wo man grade am meisten Harmonie erwarten sollte. Ferner bringt auch der durch die Eisenbahnen so sehr erleichterte Verkehr beide Arten von Festen in die Gefahr zu massenhaft zu werden. Kleineren Orten ist es kaum mehr möglich ein solches Fest zu übernehmen und es verdient wohl Bewunderung, daß Stans durch sein Schützenfest 1861, Chur durch das Sängerfest 1862 ihre Aufgabe dennoch so zu lösen wußten, daß die Tausende der Theilnehmer mit Schwärmerei der schönen Tage gedenken. Nur durch das in langer Uebung zur Virtuosität gesteigerte Festorganisationstalent der Schweizer ist es möglich die große Maschine so in Gang zu bringen und zu erhalten, daß nichts einfacher erscheint als ein solches Fest.

An der so eben angedeuteten Gefahr mußte aber doch der große Gedanke eines hochgestellten genialen schweizerischen Staatsmannes scheitern, der vor einigen Jahren den Vorschlag machte, die eidgenössischen Schützen- und Sängerfeste zu vereinigen und dem gemeinsamen Feste auch die sonstigen echtschweizerischen Kampfspiele, wie sie die innere Schweiz hat, und das Turnen einzuverleiben. Ohne Zweifel stand ihm das Bild der olympischen Spiele vor Augen und hatte er die classische Reminiscenz, daß der delphische Gott auf die Frage des Iphitos, wie dem durch innere Zwietracht der Stämme und Staaten von Hellas entstandenen Unglück zu steuern sei, antwortete, er habe den olympischen Agon zu erneuern. Der schweizerische Staatsmann bedachte, daß den „tieferen Differenzen" der Cantone und der Parteiführer durch das zu einem solchen Feste vereinigte Schweizervolk ein Gegengewicht gegeben werden könne.

Luzern ist eine wasserreiche Stadt. Nicht nur spiegelt sie sich in dem großen See, sondern wird auch von der aus dem See herausgetretenen Reuß durchströmt und in zwei Hälften getheilt. Erklärlich ist es daher, daß die Luzerner sich bisweilen in seemännischen Neigungen ergehen. Als im späteren Mittelalter die Verschickung auf die Galeeren nach Italien eine gewöhnliche Strafe in der Schweiz war, wollten die Luzerner diese Umständlichkeit vermeiden und richteten sich selbst eine Galeere ein, freilich nicht für schwere Verbrecher, sondern für liederliche Gesellen „die nur ander Leut ansetzen, alles verludern, nichts arbeiten". Vor einigen Jahren wurde dort auch in allem Ernste bei der Berathung über Reformen im Strafrecht die Deportationsstrafe vorgeschlagen; da aber Luzern bis jetzt noch keine überseeischen Eroberungen gemacht und kein luzerner Seefahrer eine Insel entdeckt hat, so ist die Ausführung dieser Strafart in die Zukunft verlegt.

In alter Zeit hatte Luzern eine Marine und die Geschichte meldet von Seeschlachten auf dem Vierwaldstättersee.

Vor der Schlacht bei Morgarten (1315) stand Luzern auf österreichischer Seite und hatte deshalb mit den benachbarten Waldstätten Unterwalden, Uri und Schwyz manche kleine Fehde durchzumachen. Melchior Ruß erzählt in seiner Chronik, eines Tages seien die von Luzern mit zweien Nauen voll englischer frischer guter Gesellen von dem luzerner Gestade ausgefahren, hätten ihre Knechte bei Buchs ausgelassen und oberhalb am Berge etliche Häuser anzünden lassen, damit sie meinten, die Feinde zu reizen, sie seien aber vertrieben worden. Darnach haben die Berg- und Waldleute ohne Verziehen zusammen gelesen bei fünfzig Nauen und Schiffe, darunter war gar ein großes spitziges eichenes Schiff, das man nannte die Gans, so derer von Uri war, gar ein streitbar werlich Schiff und fuhren gen Luzern, wo sie mit Pfeifen, Pauken und großem Geschrei landeten. Es entstand ein großes Scharmützel, in welchem viele der Feinde erschlagen wurden und als die Feinde die todten Leichname liegen sahen, kehrten sie sich vor Schrecken in die Flucht, schneller als die Adler des Himmels sind eilten sie wieder zu ihren Schiffen und haben das Erdreich verlassen. Die Luzerner fuhren ihnen aber nach, mitten unter die Schiffe der Feinde, jedoch ohne entschiedenen Sieg, von einer Seite verloren beide Theile viele Leute „und brachten zu beiden Theilen nicht viel Lobes mit ihnen heim."

Etwas später scheint folgende Affaire zu sein, in welcher das Admiralschiff der Luzerner die Gans, das Hauptschiff der Urner der Fuchs genannt wird. Unvermerkt kamen die Luzerner in einer Nacht auf ihrem mit aller Kriegsbereitschaft wohlgerüsteten Schiffe bis unter den Thurm von Stansstad, dem einzigen Landungsplatze, denn die von Unterwalden hatten allda den See mit Schwirren (Pfählen) verschlagen. Die Wächter des Thurmes wurden des Schiffes erst gewahr, als es grade am Thurme zuländete, und zündeten schnell große Harzfackeln an, um dem Landvolke ein Sturmzeichen zu geben, ließen es aber dabei nicht bewenden, sondern warfen einen großen Mühlstein, der oben im Thurme lag, in das feindliche Schiff herab, so daß es fast zertrümmert wurde. Die Luzerner suchten zwar das lecke Schiff auszubessern, um abfahren zu können bevor die Uebermacht des Landvolkes käme, da aber das urnerische Schiff, der Fuchs, welches die Nachtwache auf dem See hatte, von dem Sturmzeichen gemahnt, schnell heranruderte, auch das Landvolk aus Unterwalden herbeikam, so mußten die Luzerner nach kurzer Gegenwehr, wobei mehrere derselben getödtet wurden oder ertranken, sich gefangen geben. Mit großem Gut hatte Luzern seine Gefangenen wieder zu lösen.

Auch der Zürichsee hatte seine Seeschlachten und seine Blokaden. Bald nach der Heldenschlacht bei St. Jacob (1444) kämpften die noch auf Oesterreichs Seite stehenden Züricher und Rapperschwiler mit den Schwyzern und deren Eidgenossen um die Herrschaft auf dem Zürichsee. Große Schiffe und Flöße waren von beiden Theilen angeschafft worden. Die Züricher hatten ihre Flotte vermehrt durch zwei große in Bregenz gebaute Schiffe, da beeilten sich die Eidgenossen auch zwei solche Schiffe zu zimmern. Von enormer Größe waren die Flöße. Ein Floß der Eidgenossen, der Bär genannt, 120 Schuh lang, konnte 600 Mann tragen und war „wohl bezügt mit Stein, Büchsen und anderer Rüstung, hinten, vornen und allenthalben nach Nothdurft“. Durch dieses schwerfällige Ungethüm wurde Rapperschwil beschossen, aber siegreich waren die Züricher in der Seeschlacht bei Männedorf. Als der Kampf noch unentschieden war, kamen die in Bregenz gezimmerten neuen Schiffe von Rapperschwil heran und das Hauptschiff der Schwyzer, die Gans, mußte sich stark durchschossen zurückziehen, das große Floß, dem die Munition ausging, war genöthigt sich an das Ufer von Schwyz zu retten, der Kiel, ein anderes großes Schiff der Eidgenossen, deckte den Rückzug; als aber auch hier alle Munition verschossen war und das dem Versinken nahe Schiff 4 Todte und 12 Verwundete hatte, da trat es auch den Rückweg an. Die Züricher konnten den Sieg nicht weiter verfolgen, denn die Nacht brach ein und das siebenstündige Gefecht hatte auch ihre Mannschaft matt gemacht.

Vergleicht man diese Marine und die Kriegführung mit der Gestaltung des Seekrieges in der Neuzeit, so mag man lächeln, aber so wie der Kampf in den Thermopylen und der Sieg bei Morgarten groß in der Geschichte bleiben und am wenigsten durch eine Schlacht bei Solferino verdunkelt werden können, so war auch der Todesmuth der auf den beiden Landseen Kämpfenden um nichts geringer durch die Schwerfälligkeit ihres Materials. Vergleichen wir aber, wie vor vier- und fünfhundert Jahren die ungelenkigen Schiffe und Flöße auf einander losfuhren, um sich zu vernichten, wo jetzt zahlreiche behende Dampfschiffe mit friedlichen Menschen von nah und fern an einander vorübergleiten, so erkennen wir, daß eine andere, bessere Zeit in das von der Natur so reich ausgestattete und zu seiner besonderen Zier mit schönfarbigen Seen beschenkte Land gekommen ist.

Die Thürme und Bollwerke, durch welche das alte Luzern sich gegen Angriffe von der Seeseite schützte, werden gewiß noch lange gegen die der Bilderstürmerei vergleichbare Neubautensucht Stand halten, aber die neue Eisenbahn, welche nun bald von Zürich und Zug her auf Luzern zuschießen soll, wird unfehlbar zur Modernisirung der Stadt nicht wenig beitragen. Zunächst soll die Kapell-Brücke dem Fortschritt zum Opfer fallen. Wo werden dann die alten Burger beim Regenwetter ihren nothwendigen Spaziergang machen und was werden die Junker anfangen, denen so manchen Tag das Flaniren auf dieser Brücke und das Sitzen in den Cafés eine so genußreiche Abwechselung in ihrem thätigen Leben bot? Vom ästhetischen Standpunkte kann man freilich den Abbruch der Brücke nicht bedauern, aber ich habe sie mir noch einmal genau angeschaut mit ihren Bildern und Inschriften, als ich kürzlich von ihr, wahrscheinlich für immer, Abschied nehmen mußte.

Die bedeckte Kapell-Brücke soll schon 1300 erbaut sein, aber Bilder und Inschriften sind aus verschiedener Zeit; die jüngsten Inschriften machte ein Chorherr Halter im Jahr 1743. Sie verkünden Wahrheit und Dichtung der Schweizergeschichte.

Auf der ersten Tafel der Bildergallerie steht der Riese oder wilde Mann, der Schildhalter des luzerner Wappens, mit der Unterschrift:

„Soll der Riß der Stands-geschichten
Erster Anfang sein? Mit nichten.
War der anfang zwergen-klein,
Risen groß daß End soll sein".

Die Aufnahme des fabelhaften Riesen in das Wappen datirt erst vom Jahr 1577, als man unter einem umgestürzten Eichstamm zu Reiden ein colossales Knochengerippe fand, das man für den Ueberrest eines Riesen hielt, bis Naturforscher (Blumenbach) es für Knochen eines urweltlichen Riesenthiers erklärten.

Auf einer spätern Tafel sehen wir Karl den Großen im Feldlager.

„Keyser Carolus der große
Auf Lucern sein gunst ergoße.
Gab zum Preiß der dapfferkeit
Feld-harsch-hörner zu dem streit".

Dann folgt der Lindwurmtödter Strutt von Winkelried.

„Leuth und Vieh ein Wurm verschlinget,
Schad dem Land und schreckhen bringet,
Winckelried ihn zwar verderbt,
Aber gifft und Todt auch erbt".

Getreulich ist auch abgebildet, wie Konrad Baumgarten den Junker von Wolfenschiessen im Bade erschlägt.

„Ob dem Wald ein Vogt voll hitzen
Wollt zu sich ins Bad zu sitzen

Zwingen eine Frau, die glut
Löscht ihr Mann mit dessen blut".

Ein Nachtstück, Luzern in Feuersbrunst (1340), hat die Inschrift:

„Holz-gebäu und enge gassen
Gar zu leichtlich feur auf fassen,
Also ward Lucern bestellt
Und mit Mancher Brunst gequällt".

Den Sieg über die Armagnaken bei Buttisholz (1375) feiert ein Schlachtbild mit den Versen:

Engelländer als Heüschreckhen
Zahlreich, feindlich, 's Land bedecken,
Von der Noth Luzern bewegt,
Sie bei Buttisholtz erlegt".

Die Verleihung des Blutbanns an Luzern, ein wichtiges Ereigniß, ist nicht unerwähnt geblieben:

„Ueber Leib und Blut und Leben
Hat Lucern das Recht gegeben
Weceslau und Sigismund
Nach des Römisch-Reichs g'sätz-grund".

So geht es weiter mit Bildern und poetischen Ergüssen über Begebenheiten aus der Kriegsgeschichte und inneren Geschichte des alten Luzern. Da die Brücke nun einmal fallen muß, denn „die Gegenwart hat Recht", werden sich die Luzerner damit trösten, daß dadurch ihre ruhmwürdige Geschichte nicht verloren geht.

VII.

Solothurn.

In der alten Heimat war vor Jahren ein Engländer — fresh from England — an mich addressirt, der in aller Eile die Merkwürdigkeiten Kiels sehen wollte, denn bis zu der Abfahrt des Dampfschiffes nach Copenhagen waren nur drei Stunden, in denen auch noch dinirt werden mußte. Wohl hatte Kiel außer der wunderschönen Lage am „schiffbaren Busen der Ostsee" seine Merkwürdigkeiten, aber diese existirten nicht für das Auge des Engländers, nemlich eine Reihe alter origineller Herren, die so sehr zur Physiognomie Kiels gehörten, daß ich mir die alte liebe Stadt ohne dieselben nicht denken kann. Ein Theil derselben wanderte gleich nach Mittag auf der „academischen Laufbahn" nach Düsternbrok zum Café und eifrigem Dominospiel, es war die Gesellschaft Nr. 1. Zu dieser Stammgastgesellschaft gehörte der alte Jctus, dessen letzter Schüler ich buchstäblich gewesen bin. Seine classischen Vorlesungen über Gellius' attische Nächte mußte er oft wegen zunehmender Kränklichkeit aussetzen und als er eines Tages mich allein im Auditorium fand, reichte er mir die Hand und bestieg den Katheder nicht mehr. Präcis um 3 Uhr ritt bedächtiglich über den Markt in die dänische Straße ein stattlicher Mann, wegen seiner Regelmäßigkeit von den Bewohnern dieser Straße „Klock dre" genannt, es war der Syndicus, der Mann mit dem unendlichen Wohlwollen für die junge Welt, die er in seinem gastlichen Hause zu sehen liebte. Aus einer anderen Gasse tritt mit blonder Kinderschaar die imposante Figur vom nordfriesischen Schlage, der berühmte Jurist, dessen ich mit inniger Liebe gedenke. Sie sind alle dahin — omnes composui.

Der Merkwürdigkeiten, welche mein Engländer sehen wollte und konnte, waren nicht viele. Rasch beschauten wir das Rathhaus, an dem wenig zu sehen war, dessen unterirdische Räume mir auch bekannter waren als das Oberhaus; das Taufbecken in der Nikolaikirche aus dem vierzehnten Jahrhundert wurde in Augenschein genommen; es fehlte noch das neugegründete Museum nordischer Alterthümer, für welches sich der Engländer am meisten zu interessiren schien. Es war, wie ich vermuthete, verschlossen, aber ein reisender Engländer weiß sich zu helfen: er blickte durch's Schlüsselloch — note it down, Mr. Pickwick — und notirte sich, die Sammlung gesehen zu haben.

Bei dem hastigen Reisen auf der Eisenbahn werden die meisten Städte nur durch's Schlüsselloch gesehen und sie existiren für die große Masse der Reisenden nur in den Bahnhöfen. So ist es in der Schweiz namentlich mit Olten, wo die Bahnzüge von allen Seiten zusammentreffen und der Station das Bild des Ameisengewimmels geben. Aber wie wenige sehen sich in Olten das wirkliche Olten an, und doch ist es eine Stadt mit alter und neuer Geschichte und ein gemüthliches Nest dazu. Das Storchennest auf der Sängerhalle bei dem eidgenössischen Feste 1860 war sehr characteristisch.

Olten, Hauptort der zwischen der Aare und dem Jura

gelegenen ehemaligen Landgrafschaft Buchsgau, hat einen bedeutenden Historiker geboren, Ildefons von Arx, der eine Geschichte des Buchsgau's verfaßte (1819), aber durch seine Geschichte des Cantons St. Gallen, dem Muster einer Spezialgeschichte, berühmter geworden und mit Justus Möser verglichen worden ist. Hervorragend ist in Olten die Familie Munzinger, welcher der bekannte Afrika-Reisende angehört. Ihr verdankt Olten die Weihe des Gesanges, sie besonders hat dort ein reges musikalisches Leben entwickelt und damit der kleinen Stadt den Stempel edler Gemüthlichkeit gegeben. Zu den merkwürdigsten Söhnen Oltens gehört aber Martin Disteli, origineller Künstler, genial-liederlich, seltsamer Oberst der Infanterie, von dem ultramontanen krötengiftigen „waldstätter Boten" dereinst als wahrer Antichrist geschildert. Es sind ihm viele Prädicate gegeben, denn er war vielseitig, darum konnte sein Leben nicht wie das eines ruhigen soliden Schweizerbürgers ablaufen, und er mußte den tugendsam-vernünftigen Menschen oft Anstoß geben. Vor einigen Jahren ist ihm von Meisterhand ein Denkmal gesetzt in einer biographischen Musterarbeit: „Martin Disteli. Ein Künstlerleben. Von Alfred Hartmann. Neujahrsblatt des solothurnischen Kunstvereins (1861)". Das darin über Disteli's jenenser Studienzeit — „so zu sagen" — Erzählte ließe sich vervollständigen, wenn man den Schilderungen alter Jenenser Glauben schenken darf, aber Wahrheit und Dichtung mag da, wie in jeder Heroengeschichte gemischt sein. Ich erzähle wie ich es vernommen habe.

Es war um das Jahr 1820 da Martin Disteli sich in Jena als Rechtsbeflissener einschreiben liess, aber er fand keine Zeit sich der Rechte zu befleissigen, das schwarz-roth-goldene Leben der Burschenschaft zog ihn zu mächtig an und sein Talent zum Zeichnen, besonders zum Karrikaturzeichnen, fand in dem bewegten Jena ergiebigen Stoff. Die Menge passender Figuren aus der Studentenwelt genügte ihm aber leider nicht für seinen übermüthigen Stift, sondern eines Morgens fand man im Doppelbilde am schwarzen Brett zwei Professoren in sehr anstössiger Haltung, indem der Eine gierig nach einem Geldsack, der Andere nach einem Orden griff, und nicht nur waren es ordentliche Professoren, sondern ein geheimer Hofrath und ein geheimer Kirchenrath. Ein „Disteli fecit" stand zwar nicht darunter, aber über den Autor war niemand in Zweifel und Disteli wurde in den Schatten gesetzt. Die Sache kam zu Göthe's Ohren und durch ihn zur Kunde des edlen Fürsten Karl August, der sich als Rector magnificentissimus der Universität berufen fühlte den langen Deliberationen des akademischen Senates über die exemplarische Bestrafung der Frevelthat ein Ende zu machen, aber nicht um Cabinetsjustiz auszuüben, sondern in aller Form Rechtens. Nachdem er den Präsidentenstuhl im akademischen Senate eingenommen hatte, betrachtete er sich das fatale Bild und fragte den geheimen Hofrath wie den geheimen Kirchenrath, ob sie sich auf demselben getroffen sähen. Als beide dies verneinten, erklärte der weise Fürst, dann fehle ja der Thatbestand der Ehrenkränkung und der junge Mann habe wohl das Disciplinarvergehen, darin bestehend, daß er es gewagt, eine seiner Kunstproductionen am schwarzen Brett zu publiciren, genugsam gebüßt. Der sofortigen Freilassung Disteli's schien nun nichts mehr im Wege zu stehen, aber — o Gräuel! — da meldete der Oberpedell, die erst vor Kurzem neu übertünchten Karzerwände seien von dem Gefangenen mit furchtbaren Bildern ganz bemalt worden. Das Genie leistet mit kleinen Mitteln Großes und Disteli hatte selbst im Karzer einen Malerapparat zu Stande gebracht: das Dintenfaß diente ihm als Palette, der Bart einer Schreibfeder als Pinsel und mit dem Messer hatte er die Lichter in den Kalk radirt. Ein großes Bild „der Raub der Sabinerinnen" nahm eine Wand ein: ehrwürdige Docenten der Universität und Schankmädchen von Lichtenhain, Ziegenhain und aus den Studentenkneipen der Stadt waren in respectwidrige Gruppen gebracht. Gegenstand eines anderen Bildes war „Marius auf den Trümmern von Karthago": ein bemoostes Haupt stoisch seine Pfeife rauchend über einem Haufen von zerbrochenen Flaschen und zertrümmerten Bierkrügen. Dazu einige kleinere Bilder und Arabesken verschiedener Art. Der Fürst, welcher im ersten Casus das Recht gefunden hatte, wußte auch die Schwierigkeit des zweiten Casus zu lösen, er decretirte: Kunstwerth sei den Freskogemälden nicht abzusprechen, aber das Karzer sei kein Kunstmuseum, man möge daher ein anderes Zimmer für den akademischen Straf- und Besserungszweck wählen, jenes Zimmer aber, so wie es sei, conserviren und zum Nutzen der gereiften Jünglinge verwenden, die nach beendigtem mündlichen Doctorexamen vom Decan gebeten würden bis zur Schlußnahme der Facultät über Sein oder Nichtsein auf kurze Zeit abzutreten; für diese Minuten des Hangens und Bangens sei das Zimmer ganz geeignet als Diversion zu dienen. So geschah es und noch jetzt ist das Zimmer mit seinen Wandgemälden zu sehen, die aber ihre Frische längst verloren haben.

Disteli war nun wieder ein freier Mann, aber sein Leben war so wenig correct, daß er bald wieder den akademischen Gesetzen verfiel und sein Abschied von Jena scheint ein unfreiwilliger gewesen zu sein. Man erzählt sogar von einem Relegations-Patent, welches der „Geheime Hofrath“, der Meister in classischer Latinität, mit besonders feinen Wendungen ausgefeilt habe. Disteli ging nicht geraden Wegs zu seinen Bergen zurück, sondern wünschte vorher das Meer zu sehen und kam bis nach Rügen. Sein Biograph schildert in wenig kräftigen Zügen diese Reise: „Einen schlechten Flaus am Leibe, ein Paar Groschen in der Tasche, eine Rolle Papier in der Hand, — ohne Paß und ohne Tornister — soll Disteli eines frühen Morgens der Universitätsstadt Jena den Rücken gewandt haben. Diese Situation hat er später launig genug zu einem seiner Heuschreckenbilder benutzt, auf welchem zu sehen, wie die Polizei in Gestalt eines großen Hirschkäfers auf die weltverbesserungssüchtigen grünen Geheimbündler fahndet, die sich glücklich schätzen, wenn ihnen gelingt, mit leichtestem Gepäck und mit Hülfe ihrer langen Beine die fernen freien Berge zu erreichen. — Dieser Feldzug gegen die Polizei eines vollen Dutzend deutscher Bundesstaaten muß für unsern Disteli, dem sein Leben lang nichts so sehr verhaßt war als Polizeizwang, ein rechtes Seelengaudium gewesen sein."

Was sollte nun aber Disteli, der statt des Diploms eines Doctor utriusque juris nur das Relegationspatent heimbrachte, oder vielmehr dieses schon vorfand, als er nach seinem Kreuzzuge in Olten anlangte, in der Heimath anfangen? Er hatte zwar mit Virtuosität „Männekens" gezeichnet, war aber doch nur Dilettant in der Kunst. Sie mußte ihm dennoch für das Leben dienen, denn sein einst wohlhabender Vater war in totalen Vermögensverfall gerathen. Er mußte „sprechend ähnliche" Portraits malen, die ihm selbst freilich oft als Karrikaturen erscheinen mochten, so daß er sich in dem alten Genre bewegte, „Bilder von Gevatter Schneider und Handschuhmacher, von Handwerksgesellen und Handelslehrlingen mit hohen Rockkragen, gelb gestreiften Westen, und sauber über die Stirn hinuntergekämmten Haaren, wohlfeile Arbeit in Wasserfarben hingepinselt, in welchem zwar der Kenner die geniale Hand entdecken mag, die sich zu solcher Taglöhnerarbeit hergegeben, welche aber vom Besteller eben so schlecht bezahlt, als vom improvisirten Portraitmaler leicht hingeworfen wurden." Selbst Wirthshaus- und Krämerschilde malte er, wenn die Lebensnoth groß war, aber der Künstler ging dabei nicht unter. Davon zeugen seine Schlachtenbilder und mehr noch seine Thierbilder, zu denen er in Beobachtung der „Heimlichkeit der Thierwelt" — der vie privée des animaux — sorgsame Vorstudien gemacht hatte. Der Anfang seiner Illustrationen des Reineke Fuchs zeigt den Meister, der im Stande gewesen wäre, den derberen plattdeutschen Reineke Vos in Scene zu setzen, während Kaulbach's seine Bilder der hochdeutschen hexametrischen Umarbeitung Göthe's homogen sind. Eine besondere Freude hatte Disteli an den raschen langbeinigen Creaturen, den Hasen und Heuschrecken. Heuschrecks Leben hat er in einen Bildercyklus voll Satire geformt und seine Vorliebe für diese Thiergattung ging so weit, daß er Heuschrecken mit und ohne Pfeffer und Salz verspeiste.

„Leben heißt Krieg führen!" war Disteli's Motto. Der schweizerische Bilderkalender, kurzweg Disteli-Kalender genannt, war von 1839 bis zu Disteli's Tode, 1844, mit seiner kühnen Satire geliebt und gehaßt.

„Er hat sie drangsalirt und scharf gegeißelt, die faulen Bäuche und die krummen Rücken", sagte Gottfried Keller in seinem Nachruf.

Wer nach Solothurn kommt, kann sich durch Anschauen des „Disteli-Album", in zwei Folianten, auf dem kleinen Museum des solothurnschen Kunstvereins aufbewahrt, einen großen Genuß verschaffen. Die Originale seiner Heuschreckenbilder sind vielleicht das Werthvollste in der Sammlung, aber auch Disteli mit dem Schnauz als Apollo und vieles Andere läßt in ein merkwürdiges Künstlerleben hineinschauen.

Disteli war auch Soldat und ein ganzer Soldat, nur daß er nicht gern Ordre parirte, wenn Kamaschendienst verlangt wurde. Er brachte es in seiner heimathlichen Armee bis zum Obersten und wenn er einmal vorschriftswidrig sein Bataillon statt durch das Thal über den Weißenstein führte und ohne die Grenzen zu beachten mit Sang und Klang durch berner Gebiet zog, so liebten ihn die Soldaten trotz der Anstrengung um so mehr. Im Herbst 1832, als wegen des Bürgers von Salenstein, des Prinzen Louis Napoleon, ein Krieg mit Frankreich drohte, war auch Disteli mit seinem Bataillon an die Grenze beordert und freute sich der bevorstehenden Actionen, so daß er dem ersten seiner Soldaten, der ihm ein paar rothe Hosen als Trophäe bringen werde, einen Louisd'or versprach.

Disteli starb am 13. März 1844 in Solothurn, aber der Ort, wo seine Wiege gestanden hatte, wollte ihm auch das letzte Ruhebett geben. Ein Granitstein mit der Inschrift „Martin Disteli“ bezeichnet auf dem Kirchhofe von Olten sein Grab.

Solothurn, die Hauptstadt des gleichnamigen Cantons, ist eine recht alte Stadt, aber poetische Licenz hat den alten Thurm am Marktplatze (Zeitglockenthurm) mit der Inschrift versehen:

„Dieser Thurn gebawen ward ohn gfahr
Vor Christi Geburt fünff halb hundert Jahr“.

Der Thurm ist ohne Zweifel burgundisch, während die an mehreren Stellen sichtbaren Ueberreste der starken Mauern des römischen Castrum und lateinische Lapidar-Inschriften auf eine ältere Zeit zurückführen. Wie alt auch die Stadt sein mag, macht sie einen durchaus freundlichen Eindruck und wenn man sich auf den geräumigen Plätzen umschaut, könnte man Solothurn für eine recht große Stadt halten, obgleich sie nicht 6000 Einwohner hat.

Die mittelalterliche Geschichte Solothurns ist mit der Geschichte Berns eng verflochten, denn am Ende des dreizehnten Jahrhunderts wurde der Bund der beiden Städte gestiftet und in den Kämpfen gegen Oesterreich und gegen den Adel, namentlich gegen die Grafen von Kyburg, standen sie in Freud und Leid bei einander. Als Solothurn 1318 von Herzog Leopold belagert wurde, der die Stadt wegen ihrer Anhänglichkeit an Ludwig den Bayer strafen wollte, schickte Bern 300 Mann zu Hülfe und mit Stolz darf Solothurn auf dieses Stück seiner Kriegsgeschichte zurückblicken. Es kam wildes Wetter von den Bergen, der Regen ergoß sich in Strömen und die Bäche, welche der Aare sonst ihr Kristallwasser zuführen, wälzten schlammige Fluthen herab, so daß der Fluß die ganze Kraft eines Bergstroms entfesselte und die Brücke, welche der Herzog zur Verbindung der beiden Ufer hatte schlagen lassen, fortzureißen drohte. Um das nur für einen vorübergehenden Zweck gemachte, leichte aber ihm wichtige Bauwerk zu retten, befahl Leopold seinen Kriegsleuten schwere Steine darauf zu wälzen, aber mitten in der Arbeit brach die Brücke zusammen und die österreichischen Krieger stürzten in den Strom. Als das die Belagerten sahen, erhoben sie kein Freudengeschrei, sondern die Feindschaft vergessend lösten sie schnell ihre Schiffe ab und mit Lebensgefahr, aber solcher Fälle kundig, retteten sie viele der mit den Wellen ohnmächtig kämpfenden Feinde, führten die Geretteten in die Stadt, bewirtheten sie mit Speise und Trank und schickten sie alle dem Herzog zurück. Leopold, von diesem Edelmuth besiegt, hob die Belagerung, welche schon zehn Wochen gedauert hatte, auf und schenkte den Bürgern von Solothurn ein Banner, das noch im Münster aufbewahrt ist. Die Schweizer haben viele erbeutete Fahnen als Trophäen in ihren Kirchen, Rathhäusern und Zeughäusern aufgehängt und die Urenkel blicken stolz auf die verwitterten Zeugen des Kriegsmuthes ihrer Ahnen, das Friedensbanner der Solothurner sollte die Inschrift führen: Noblesse oblige!

Hell strahlt auch in der Geschichte Solothurns die That eines Mannes, der durch seine Entschlossenheit einen Bürgerkrieg verhinderte. Es ist der Schultheiß Nicolaus Wengi. Die Kirchenverbesserung hatte in der Stadt- und Landschaft eben so entschiedene Anhänger als Gegner gefunden und es kam (1529) dazu, daß die Regierung die Gemeinden einlud, sich darüber auszusprechen, ob sie bei der alten Lehre beharren oder die Reformation wollten. Die Antworten auf diese Anfrage waren sehr verschieden. Von Kestenholz, einem großen Kirchdorfe, wurde kurz geantwortet: „Mögen das alte Wesen wohl leiden"; ähnlich von Selzach: „Haben sich gemeinlich erläutert, bei dem Alten zu bleiben, so lange ihnen Gott verleihe". Nicht so entschieden waren die Einwohner von Oesingen, indem sie erklärten: „Wollen mit meinen Herren halten, begehren jedoch dabei, die Prädicanten zusammenzuthun und was das Bessere sein werde, wollen sie annehmen." Eine andere Richtung schlug die Gemeinde von Aetingen ein: „Haben mit dem Mehre ihre Kirche geräumt und die Bilder verbrannt. Weil der Pfarrer zwei Meßgewande in sein Haus getragen und die Metze nach dem Mandat nicht von ihm gethan, bitten sie mit einem andern Prädicanten versehen zu werden." Kienberg antwortete zuerst: „Wollen die Messe nicht, die Bilder lassen sie stehen, selbe irren sie nichts. Sie begehren einen Priester, der ihnen das Gotteswort verkünde, weil der Ihrige zu alt und ungeschickt sei;" darauf entschiedener: „Sind des Willens wie vormals, daß sie die Messe nicht haben wollen, weder gesotten noch gebraten, und die Bilder wollen sie auch wegthun." Auf eigenthümliche Weise wurde das liebliche Dorf Wiesen in der Nähe des Hauensteins, in einem kleinen Hochthal am nördlichen Abhange der Frohburg gelegen, dem alten Glauben erhalten. Es handelte sich darum, ob die Gemeinde ferner zur katholischen Kirche in Trimbach gehören oder in dem schon reformirten Läufelfingen eingepfarrt werden sollte. Nachdem der Prädicant von Läufelfingen seine Beredsamkeit aufgeboten und auch Neigung zum Uebertritt gefunden hatte, griff der katholisch gesinnte Ammann der Gemeinde die Sache sehr praktisch an, indem er die Gemeinde einlud, sich auszusprechen, ob sie noch ferner Kilbi haben wolle oder nicht, das sei die Frage; wer die Kirchweih wolle, möge ihm nach Trimbach folgen und zwar solle es eine zweitägige Kilbi geben. Einen Geiger und Pfeifer hatte er in Bereitschaft, und als er sich unter Musik in Bewegung setzte, zog die ganze Gemeinde ihm nach. So blieb Wiesen bei Trimbach und das muntere Völkchen nimmt bis zur Gegenwart das Recht in Anspruch, eine Kirchweih von zwei Tagen und Nächten durchzutanzen.

In der Stadt Solothurn hatte nach der den Reformirten so ungünstigen Schlacht bei Kappel (1531), in welcher Zwingli fiel, die katholische Partei das Uebergewicht und die Erfüllung des Versprechens den Neugläubigen eine Kirche in der Stadt einzuräumen, wurde immer weiter hinausgeschoben, so daß die Neugläubigen sich entschlossen, ihr Recht mit Waffengewalt zu erkämpfen, sich in die Vorstadt zurückzogen und die Brücke abbrachen. Feindlich standen sich nun die Parteien an den beiden Seiten der Aare gegenüber, schon war eine Kanone der Katholiken abgefeuert worden, ohne zu schaden, als Schultheiß Wengi vor die Mündung der wiedergeladenen Kanone trat mit den Worten: „Lieben fromme Bürger, so ihr willens sin hinüber zu schießen, will ich der erst Mann sin, der umbkommen soll, betrachtet und erdauret die Sachen baß." Diese Worte des christlichen Helden wirkten und es wurde kein Bürgerblut vergossen. So erzählt man, doch ganz richtig scheint dies nicht zu sein, denn von demselben Tage, dem 30. October 1533, wird als tragi-komisches Intermezzo berichtet, daß ein Neugläubiger vom Bollwerk seiner Partei die jenseitigen Katholiken mit der unanständigsten Geberde von der Welt verhöhnt habe, weshalb der lange Maître Jean, ein Diener des französischen Gesandten und eifriger Katholik, zur Kanone gesprungen sei und den Spötter vom Bollwerk herabgeschossen habe. Eine Beglaubigung dieser Thatsache wurde mir von dem gelehrtesten Alterthumsforscher Solothurns an dem Vorstadtthore gezeigt, da, wo die Reformirten ihren Standort gehabt haben. Dieses Thor, einem Janus vergleichbar, hat an der Seite, welche der Stadt zugewendet ist, ein in Stein gehauenes ordentliches Menschenantlitz, an der Seite der Vorstadt den unanständigen Revers des Gesichtes. Die Sache verdiente von einem Historiker oder Antiquar näher beleuchtet zu werden.

Der Wengistein, ein sehr großer erratischer Block, in den sauberen Anlagen bei der Stadt, ist mit seiner Inschrift das dauernde Denkmal des edlen Schultheißen. Ganz in der Nähe wird alljährlich am 22. Juli die Feier der Schlacht von Dornach (1499) begangen.

Solothurn hat neben manchen katholischen Kirchen und Kapellen auch eine reformirte Kirche und es ist durchaus nicht im Geiste der Bürgerschaft, wenn von Geistlichen alte kirchliche Controversen wieder aufgefrischt werden. Von den katholischen Kirchen ist der St. Ursus-münster oder die Domkirche, vom Architekten Pisoni im Florentiner Styl erbaut (1762—1773), eine wahre Zierde der Stadt, ein einheitlicher edler Bau, ohne Ueberladung und Gepränge. Von den Kapellen in der Nähe der Stadt scheint die Loretto-Kapelle im besonderen Ansehen zu stehen. Sie ist einer der vielen Ableger des berühmten italienischen Loretto, wohin die Engel im Jahre 1295 das Haus trugen, welches die Jungfrau Maria in Nazareth bewohnt hatte. Die Loretto-Kapelle bei Solothurn wurde 1649 von einem dortigen Patrizier Schwaller gestiftet, und daß sie auf demselben Glauben ruht, zeigt eine Inschrift derselben: „Eingang zu dem Kamin und Ohrt, wo Maria Jesum empfangen und Ihrem lieben Kindt gekocht hatt.“ In einer Nische der Kirche von Herrgottswald, einem Wallfahrtsorte am Fuße des Pilatus, wird sogar der Kessel gezeigt, in welchem, wie der Sigrist erklärt, Maria ihrem Kinde den ersten Brei gekocht hat. Wie dieser Kessel zu der besondern Kraft gekommen ist, Augenkrankheiten durch seine Berührung zu heilen, blieb mir unerklärt. Vermuthlich sind in jener Gegend diese Krankheiten häufig; denn die Kirche wählt ihre Heilmittel nach dem Bedürfnisse.

Von den Mönchsklöstern hat das Kapuzinerkloster an Frequenz nicht verloren, das Kloster der Franziskaner ist aber kürzlich eingegangen und der letzte Franziskaner, ein gebildeter Mann, hat, nicht ganz mit freiem Willen, die Hallen seines Klosters verlassen und eine Privatwohnung beziehen müssen. Im vorigen Jahrhundert, als das Franziskanerkloster noch blühte, gab der Guardian desselben dem Maler Franz Michael Schwaller den Auftrag, den heiligen Franz von Assisi zu malen. Der Guardian der Kapuziner, die ebenfalls Francisci Nachfolger sind, suchte nun den Maler zu überreden, der Heilige müsse in einer braunen Kleidung erscheinen, während der Guardian der Franziskaner darauf bestand, Franciscus habe eine schwarze Kutte getragen. Der Maler, welcher es mit keiner Partei verderben wollte, erklärte endlich seinen Drängern, er habe einen Ausweg gefunden, mit dem beide Theile zufrieden sein würden, und da er schon etwas vom Disteli-Geist in sich hatte, malte er den Heiligen im Bette, neben welchem eine schwarze und eine braune Kutte hing und sagte: „Der heilige Mann wird schon wissen, wenn er aufsteht, welche Kutte er anlegen will.“ Von den Schwänken desselben Malers ist auch bekannt, daß, um das hohe Alter der Stadt Solothurn herauszustellen, er ein Bild der Stadt machte, auf deren Glacis Gott der Vater Adam und Eva erschafft, während Solothurns Bürger von den Ringmauern her zuschauen. Man sieht, der Humor, welcher in Disteli seinen Hauptrepräsentanten fand und in dem „Postheiri“ oder den „illustrirten Blättern für Gegenwart, Oeffentlichkeit und Gefühl“ sich fortwährend geltend macht, ist in Solothurn seit lange zu Hause und um den gemüthlichen Humor frisch zu erhalten, haben die Solothurner auch von jeher für einen guten Trunk Sorge getragen, obgleich das Land weinarm ist. Die Stadt Solothurn entfaltet an festlichen Tagen einen Reichthum an kunstreich gearbeiteten alten Trinkgeschirren, besonders silbernen Kredenzpokalen von getriebener Arbeit, aber die trunkselige Vorzeit muß noch reicher daran gewesen sein, wenn man einem dortigen Sittenprediger glauben darf, der in seiner Schrift „vom Gesundheittrinken" meldet: „Heutigen Tages trinken die Weltkinder und Trinkhelden aus Schiffen, Windmühlen, Laternen, Sackpfeifen, Schreibezeugen, Büchsen, Stiefeln, Krummhörnern, Weintrauben, Gockelhähnen, Affen, Pfauen, Mönchen, Pfaffen, Nonnen, Bären, Löwen, Bauern, Hirschen, Schweinen, Käuzen, Schwänen, Straußen, Elendsfüßen und anderen ungewöhnlichen Trinkgeschirren, die der Teufel erdacht hat, mit großem Mißfallen Gottes im Himmel."

Solothurn ist keine Residenzstadt, wenigstens giebt die bischöfliche Residenz dem Orte keinen residenzlichen Anstrich und es ist mir auch nicht vorgekommen, als ob die Solothurner viel Zeit zum Spazieren und Flanieren verwenden. Dennoch hat die Stadt in nächster Umgebung sehr hübsche Anlagen und sauber gehaltene Wege, was ich als eine liebenswürdige Rücksicht auf die fremden

Besucher nehmen möchte, welche Zeit haben, sich zu ergehen. Die nächste freundliche Anlage ist bei dem Wengistein und sehr eigenthümlich ist die Verena-Grotte, zu welcher man durch eine lange kühle, von einem Bache durchzogene Felsschlucht, aber auf ebenem Wege gelangt. Fast möchte man wünschen, es hätte der fromme Sinn der Solothurner sich begnügt, der h. Verena, die mit der thebaischen Legion aus Aegypten weit gewandert war und sich in dieser Grotte zur Ruhe setzte, am Schlusse der sich erweiternden Schlucht eine Kapelle zu bauen und von der Ueberladung mit anderen Repräsentationen des Cultus, die nicht eben Kunstwerke genannt werden können, zu abstrahiren. Bei der Kapelle ist noch eine Einsiedelei, aber jetzt nicht von einer heiligen Jungfrau bewohnt, sondern von einem Eremiten, der seines Zeichens ein — Knopfmacher ist, auch gar nicht dem Verkehr mit der sündhaften Welt entsagt hat. Die Zeit für Einsiedler ist vorüber.

Hoch vom Jura ladet der schon seit langer Zeit berühmte Kurort Weißenstein (3950') zum Besuche ein. Man kann auf einem bequemen Fahrwege und einem kürzeren Fußwege hinauf gelangen, auf dem letzteren in weniger als drei Stunden, wenn nicht die fürsorglich an vielen Punkten angebrachten Bänke oft zum Ausruhen einladen. Das Panorama da droben ist einzig in seiner Art, sehr verschieden von dem Diorama des Rigi: man kann die Schneeberge vom appenzeller Säntis bis zum Montblanc mustern, aber es steht nur selten die ganze lange Reihe in voller Klarheit da. Obgleich ich an einem schönen Herbsttage hinauf pilgerte, verdeckte ein leichter Nebel die Berge rechts und links und nur die Jungfrau und der Mönch mit ihren berner Nachbarriesen traten hervor. Aber auch der Blick in die weite Thalgegend, auf Solothurn, auf die durch eine fruchtbare Ebene sich schlängelnde Aare und das Emmenthal und weiter rechts auf die drei Seen von Biel, Murten und Neuenburg ist sehr belohnend. Ich tröstete mich um so leichter darüber, daß nicht die ganze Möglichkeit der Pracht des Panoramas sich mir enthüllte, da ich in dem schön eingerichteten Kurhause in eine Gesellschaft lieber, gemüthlicher Menschen kam. Wir waren alle gleich aufgelegt, es uns dort wohl sein zu lassen und der gemeinschaftliche Gang nach der Röthe, einem reichlich eine halbe Stunde vom Kurhause entfernten, Felsvorsprunge über einem prächtigen Thale, wird mir unvergeßlich sein. Die sinnige, junge Frau von Bern und der feurige, junge Burgunder, der bald Purzelbäume machte, bald Kriegslieder zum Ruhme der rothen Hosen sang und auf der lichten Höhe des Weißensteins auch die Marseillaise anstimmen durfte, ohne polizeireif zu werden, — es waren sehr verschiedenartige Menschen zusammengekommen, aber die gemeinsame Bergluft, welche wir athmeten, wirkte eine vollkommene Harmonie.

Inhalt.

—o—

CPSIA information can be obtained
at www.ICGtesting.com
Printed in the USA
LVHW110111200422
716647LV00003B/112

9 783752 599411